你是这世界写给我最美的情书

小岩井
烟波人长安
小新 等
——
著

北京理工大学出版社
BEIJING INSTITUTE OF TECHNOLOGY PRESS

图书在版编目（CIP）数据

你是这世界写给我最美的情书 / 小岩井等著. —北京：北京理工大学出版社，2018.5

ISBN 978-7-5682-5493-9

Ⅰ.①你… Ⅱ.①小… Ⅲ.①散文集－中国－当代 Ⅳ.①I267

中国版本图书馆CIP数据核字（2018）第063797号

出版发行 / 北京理工大学出版社有限责任公司
社　　址 / 北京市海淀区中关村南大街 5 号
邮　　编 / 100081
电　　话 / （010）68914775（总编室）
（010）82562903（教材售后服务热线）
（010）68948351（其他图书服务热线）
网　　址 / http：//www. bitpress. com. cn
经　　销 / 全国各地新华书店
印　　刷 / 保定市中画美凯印刷有限公司
开　　本 / 710 毫米 × 1000毫米　1/16
印　　张 / 12.25
字　　数 / 180 千字
版　　次 / 2018 年 5 月第 1 版　2018 年 5 月第 1 次印刷
定　　价 / 45. 00 元

责任编辑 / 刘永兵
文案编辑 / 刘永兵
责任校对 / 周瑞红
责任印制 / 李　洋

爱是永恒的秘密

目录

CONTENTS

目录

CONTENTS

包子的爱情

文/代琮

可我们终究会过去那个个性鲜明的时代，
有人世故，有人沧桑，有人落魄，也有人意气风发。
但沿路花开，总有一朵让我们热爱。

这世上有很多美好的东西，懵懂的少不更事，青春的奋不顾身，成长后的润物细无声。所以，经过青春，我们总以为爱情应该轰轰烈烈，带着生同眠死同穴的慷慨，带着一往无前的锐气去爱去恨。

可我们终究会过去那个个性鲜明的时代，有人世故，有人沧桑，有人落魄，也有人意气风发。但沿路花开，总有一朵让我们热爱。

包子是我的大学同学，虽生长在海边，但人长得斯文白净，还带点婴儿肥，乍一看有点像小笼包，所以我们都习惯叫他包子。包子这人平时不怎么爱说话，总带着一股子忧郁诗人的气质，我们都开玩笑说他白白浪费了二十年海边风沙的砥砺。

大二那年，宿舍里哥几个都陆续交了女朋友，就剩下包子还孑然一身。我们哥几个都劝他，别老瞎晃荡了，趁着自己还算嫩，赶紧找个人把自己嫁出去才是正经。

后来，我利用职务之便，在学生会帮他介绍了个姑娘。姑娘叫秦爽，留着娃娃头，远远一看，整个一副萝莉气质，走近了才发现原来是御姐。

我跟包子说："哥们儿这是肥水不流外人田，你可给我争点气啊。"

包子满口答应，开始和姑娘约会。

于是大二的下半学期，包子和秦爽单纯打了三个月的羽毛球。

我们知道后气急败坏，怂恿包子，不能这么干耗着，该推倒时就推倒，男子汉大丈夫，怎么能在这种时候心慈手软呢？

包子说："秦爽她练过三年的跆拳道。"

气得我们破口大骂。

包子忸怩着，说："我们这样挺好的。"

当晚我们就拉着包子去了学校对面的饭馆喝酒，然后在包子的脸色渐红还能见人，脚步飘忽还能走路，言辞模糊还能表白的时候，把他带到了秦爽的宿舍楼下。

包子推托说："我什么都没准备，哪有这么表白的。"

我们商量着，事发突然，只好委屈下姑娘了，要不先买束花凑合下。

凑合归凑合，但也不能寒碜。凑了钱让包子上学校附近的花店买了捧玫瑰，九十九朵，鲜红欲滴。

在繁星满天的晚上，包子手捧玫瑰花，两只胳膊不停地在抖，一句话咽了三口唾沫，说："秦爽，我们，在一起吧？"

我们在角落里偷偷看着，比自己表白还要紧张。

星光下的姑娘脸色白皙，神情自若，低着头不说话。

包子开始慌了，嘴里念念有词，秦爽我们在一起吧，秦爽我们在一起吧，翻来覆去就这一句，双手不断往前塞，试图把玫瑰送到姑娘手中。

秦爽一直没动，我们猜测是被包子吓到了。

我们在旁边气急败坏的小声吼着："抱她，抱她，抱她啊。"

包子似乎领悟到，把花往姑娘怀里一塞，双手抓着姑娘的胳膊抱住花。

"是抱住姑娘，不是抱花，不是抱花，这二货。"

我们在一旁喋喋不休地咒骂。

然而，很多年后我依然记得这一幕。

在有着明亮星光的晚上，一对年轻的恋人，他们似是在拥抱，怀抱中有一捧鲜红的玫瑰，闪烁着晶莹的泪珠，是那样纯粹的爱恋。

我们很明显看到了姑娘脸上的泪光，秦爽哭了。

我们面面相觑，怎么办？怎么办？难道被当作非礼了不成？故事不应该是这么发展的啊，那我们算什么？从犯，还是教唆？

仔细想了想，应该没什么问题啊，你见谁非礼的时候还带着玫瑰，这是在求爱，最多只是骚扰，到了局子里也就批评教育，我们安慰着自己，继续看戏。

姑娘没有主动，没有拒绝，情况胶着，包子已经明显断电，这个时候他需要一个充电宝，哦不，呸呸呸……他需要主动采取下一步。

包子动了，包子动了，我们目不转睛地看着。

接下来包子却做了一件让我们大跌眼镜的事。

包子把花用力往前一推，花在姑娘手里抱着，包子却后退了一大步。

这二货，明明已经在进攻“敌人”防线，却在自己家扔了颗手雷。

包子嗫嚅着说了一句话，你还是先回去吧。

然后没等姑娘有所动作，没等我们反应过来，包子就毅然决然地转身离开，大步流星地朝远处走去。

完蛋了，我们想。

手雷炸了自己的腿，于是他又在自己脑袋上开了一枪。

砰，万念俱灰。

这次真的死透了。

哥儿几个都去追包子了。

我想虽然战事草草结束，但还得有人打扫战场，毕竟以后还要见面。

我慢慢地靠近秦爽，她这个时候低着头，小声地啜泣。还在原来的地方，从包子出现到消失，她一步也没有动。

我尴尬地望着她。

秦爽先说了话。

秦爽说：“包子跟我表白了。”

我忙点头哈腰：“是啊，是啊，碰巧看到了。”

秦爽说：“包子是个好人。”

我看着，影子无声无息，
花瓣开始枯萎，远处灯光照耀，星星悄然坠落。

我说："是啊，是啊，一直挺好的。"

秦爽抬起头说："你能陪我走走吗？"

我只能说："好啊，好啊，走走，就随便走走。"

黑夜里，人来人往，秦爽抱着玫瑰，瑟缩着，一步步走在前头。我看着，影子无声无息，花瓣开始枯萎，远处灯光照耀，星星悄然坠落。

突然感觉悲伤笼罩。

我一路无话，倒是秦爽在说个不停。

秦爽跟我讲了她的故事——一个女孩的童年。

软弱的母亲经常遭到凶狠父亲的毒打，一双无辜的眼睛躲在门后害怕地流眼泪。

这似乎是一场单方面的杀戮，弱者没有哀号，胜者没有怜悯，锋利的刀一直收割，终于割碎了少女柔软的心，也终于割断了那一点骨血亲情。

少女抱着母亲刺满伤痕的脸颊和她瘦弱无力的身躯，她说，你们离婚吧，我们走。

母亲的眼泪流了下来，她颤抖地依偎在女儿的臂弯里。也许这句话母亲听得太多了，只是第一次听到自己的女儿这么说。

当一个孩子选择抛弃自己的父亲，一个本该做她精神支柱的男人，她的心里得攒够多少仇恨，才能这么毅然决然。

故事到这里还没有结束，母亲带着女儿改嫁，据说那个叔叔是母亲的初恋，但是那个时候他家里太穷，所以姥姥不允许母亲嫁到这里。

现在母亲的心愿终于完成了。

可她呢？她觉得这是另一个末日，本来青梅竹马的恋人变成了自己的哥哥，因为他的父亲变成了自己的父亲。

她很痛苦，想必他也很痛苦。

他们似乎很有默契，从亲密无间到形同陌路，只需一个眼神交会的瞬间。

再后来，哥哥当兵走了。

女孩儿就是秦爽。

秦爽转过身对我说，他现在每个月都会打电话给我。

此刻我看到秦爽的脸上有一丝的笑，这种发自内心的喜悦，应该就是爱情吧！

我这个时候一点都不想提起包子，那一定很煞风景，这二货，怎么就突然跑掉了，不过幸好他跑掉了。

秦爽说："你帮我谢谢包子。"

我说："这货对你心存不轨，你谢他什么？"

秦爽说："谢谢他的花，很漂亮，我很喜欢。"

我心想，那花也有我的份。

我说："再漂亮你也不用哭啊。"

秦爽扑哧一笑："我是第一次收到花，感动的呗。"

我也笑了。

这时候秦爽的电话响了，她抬起头望了我一眼，我一看她的表情就知道是谁的电话，就冲她摆了摆手，说了声再见。

再往后，有一次打电话，秦爽告诉我说，每个女孩儿收到花都会感动，即便那个人不是她心中的白马王子。

我心想，包子白是白，当牛做马也可以，可包子做不了王子。

每个人只能在自己的世界里做国王，可在别人的世界里只能当牛做马。

一直到大三结束，谁也没有见到过包子再跟哪个姑娘约会。

我们想，包子这是要孤独终老了。

大四开始实习，走在校园里突然感觉好冷清。秋风萧瑟，人群稀疏，每天都有拖着行李的人们走出去。

那段时间，男生宿舍楼的空酒瓶每天都要比平时多出七八个垃圾桶的量。

— 秋风萧瑟，人群稀疏

再到后来，宿舍里就剩下我和包子俩人。

有天晚上，我跟包子喝酒。我问包子："接下来有什么打算？"

包子说："我想去周游世界。"

我笑骂他："就你，你知道吗，阿富汗有恐怖组织，索马里有海盗出没，你过去了只能是送死。"

包子喝了很多，我也喝了很多，但我分明看到他的眼睛里清澈无比。

我心想，这货是要玩真的了。

包子灌了一口啤酒，突然来了一句："后来秦爽给我打过两回电话。"

我一愣，不知道怎么接话，就"哦"了一声。

包子继续说："你知道那天我为什么跑掉了吗？"

他扭过头看着我，白色的月光照进窗户，剪影里的包子模糊一片。恍然间，时光悄悄划过，我们不觉然已经"苍老"。

包子说："你还记得罗婕吗？"

我不知道包子为什么这么问，但我确实还记得这个名字。大一时刚入学那会儿，晚上在宿舍里没事做，大家就轮流讲故事，当然是爱情故事。

包子当时讲了他和罗婕的故事。讲完之后包子就哭得稀里哗啦，那无非就是一段甜美苦涩交织的纯真初恋，再说了，谁还没有初恋呢。我们无奈地摇着头。

然而此刻，包子又哭了。

我小口小口灌着啤酒，看着包子再次泪眼婆娑。

他断断续续地说了起来："我跟罗婕在一起两年，两年啊，我都没送过她什么礼物，就有一次，五一我带她去爬山，到山脚下，门票差了十五块钱我们最后都没进去。"

包子抱着头，懊恼的，痛苦的，关于青春的往事，在眼泪里汹涌而出。

"其实我并没那么喜欢秦爽，送她花的时候，我是突然就想起罗婕来，想起了她的脸，她的手指，她的笑，她的头发，我好想她啊。那时候我就明白我一直喜欢着罗婕，我对她日夜思念，念念不忘，可我竟连一束花也没有送给她，我是那么喜欢她的呀！"

真正的爱情永远炽热，
在零下一百度的风雪中也能闪烁火焰

那个年纪的我们一无所有，却被最纯真的女孩儿爱着，我们想着有朝一日送给她们最鲜艳的花，最漂亮的衣服，最豪华的世界，可大多数的少年都失败了。

包子也失败了，他带着满身疲惫离开，他们渐行渐远，终于不见。

包子说，我现在终于明白了，我仍旧爱着罗婕，我要去找她，我要把从前错过的全部都找回来。

那一刻的包子意气风发，一副仿佛要去拯救世界的样子。

包子说，我们可以轻易地去喜欢一个人，也可以轻易地离开，但那不是真正的爱情。真正的爱情永远炽热，在零下一百度的风雪中也能闪烁火焰。

后来包子走了，我也走了，宿舍里最后空无一人。

我实习去了北京，很长一段时间没有包子的消息，不知道他是否找到罗婕，开始环游世界。

就这样我浑浑噩噩过了差不多一年，毕业的时候包子也没回来。

我们的大学时光，就这样散场了。

后来和朋友相聚，举着酒杯，聊着聊着，总能聊到仿佛就在昨天的大学生活，却又在浅浅一提后绕回到现在。是害怕吧？是在逃避那些欢快的情景，以及沉重的梦想吗？

有一天我突然接到一条消息。

秦爽死了！死于一场意外车祸。

只是前一天的晚上，我们还打过电话，她还问我在北京过得好吗，我说，上班无所事事，下班无所事事，吃公共食堂，住集体宿舍，和在学校时没什么两样，就是不能再逃课了。

秦爽笑骂我，身在福中不知福。

这是她对我说过的最后一句话，以后再也听不到了。这样一个活生生的人，从此消失，而我却没有跟她正式道别。

"我从未拥有玫瑰，
因为黑夜漫长，人来人往，足够让人丢失。"

那一刻，我突然觉得生命如此脆弱，你不知道哪一天就会永远离去。我问自己，真的还要这样混沌下去吗？

于是在第二天我辞了职，千里奔丧去了秦爽的老家。

不是我们之间的感情多么深厚，而是她的去世让我有了太多的感触。一个和我同龄的人，本该拥有大好时光，可她现在只能长眠地下，这是一种怎样的悲哀？

我给包子打电话，本想把这个消息告诉他，电话接通，他那里太吵什么都听不到，我只好挂掉电话，给他发了一条信息。

南下的火车上，我翻着手机上的QQ，看着秦爽的灰色头像，它再也不能跳动起来嘟嘟嘟地响了。

我看见秦爽的最后一条签名是这么写的：

"我从未拥有玫瑰，因为黑夜漫长，人来人往，足够让人丢失。"

我望着窗外的风景，想起包子的话：我们可以轻易地去喜欢一个人，也可以轻易地离开，但那不是真正的爱情。真正的爱情永远炽热，在零下一百度的风雪中也能闪烁火焰。

那年冬天，我没有去找工作，只想静静待着，于是每天清晨都早起去跑步。满头大汗的时候我总想起包子，想起他说的关于周游世界的梦想。

我们羡慕洒脱的人，羡慕他们可以说走就走。可他们的生活也充斥着酸甜苦辣，也夹杂着喜乐忧愁。我们办不到，是因为太多羁绊，是因为太多难过，是因为对身边的不够热爱，是因为远方的不够真实。我们在该走的时候不忍离去，却又在不该走的时候想着离开。

那段时间我给包子打电话，包子说他已经回家了。

因为难得的清闲，我又坐上火车去了包子的家乡，那个紧靠大海的城市。

包子说，他一回到家妈妈就搂着他抱头痛哭，他游荡了一大圈，最终又回到起点，决定再也不出去了。

家里出资给他盘了家店，现在的他成了一家火锅店的老板。

当晚，我和包子在他的店里吃火锅。

我问包子："你还记得秦爽吗？"

包子沉默。

他点起一根烟，缓缓道："秦爽出事前一天晚上给我打过电话，我和罗婕在一起，我们那时候正准备去南极。"

我愕然。

包子吐出一大团烟雾，继续说："我说我要在那向罗婕求婚，秦爽还在电话里祝福我。"

我低下头，苦笑了一声。

我问："那你跟罗婕呢？最后怎么样了？"

包子说："我在南极的冰川上向她求婚，她拒绝了。"

包子弹了弹烟灰，怅然若失地看着我。

我以为爱情要轰轰烈烈，在零下一百度的风雪里也要燃烧火焰。

南极当时的气温是零下四十度。

包子说："现在我只想平平淡淡的。"

我大口灌下杯中的酒，眼泪伴随着灼烧的疼痛瞬间奔袭而来。

我忍着还是没有再告诉包子秦爽的故事。

那是多么轰轰烈烈的女孩儿，可最后为爱情选择了破碎。

包子说："一个人的爱就像一盆火锅，刚开始要大火烹煮，这样才能丝丝入味，可等吃的时候得蘸上麻酱，一是调味，二是冷却，要不然烫破嘴皮就再也吃不下了。"

我问包子："麻酱是什么？"

包子哈哈一笑，说："麻酱是什么？麻酱是车子，是房子，是柴米油盐，是婆媳关系，是早晨出门转身的吻别，是夜晚回家守候的灯光，是一辈子吵闹欢笑留下的记忆。"

我沉默，也许麻酱只是最开始的一句我爱你，带着浓郁的香味儿，吃到最后，是会腻的。

可秦爽的爱情里没有麻酱，只有最滚烫的牛油，终于把所有味觉吞噬。

过了年，我重新回到北京，从业务员开始做起。

有时候，如果你真的无聊，那就不妨拼命做点什么。

失眠的时候我还是会喝酒，从深夜到凌晨，酒精越来越寡淡，寂寞越来越厚重，而孤独，是最直接的灵感。

第二年冬天，包子打来电话，说要结婚了。

我在电话里恭喜包子。

我见过那个姑娘，在一次聚会上，包子带着她盛装出席。

包子说，姑娘是他火锅店里的顾客，慢慢地从顾客变成了常客，现在又进阶成了老板娘。

我们都跟着起哄，你终于把自己给嫁出去了。

而包子的声音里满满的都是欢喜。

包子说：“我终于等到了。”

包子终于等到了自己的爱情，不够轰轰烈烈，也没有平平淡淡，逛街吃饭看电影，吵架撒娇秀恩爱，该有的一样都不少。

挂掉电话，我走在北京城的夜里，大雪铺地，灯红酒绿，霓光漫天，我看到天空一片一片坠落，人来人往，仿佛有个姑娘抱着玫瑰瑟缩着走来，齐眉的刘海挡在眼前，这个冬天太冷，玫瑰都在枯萎。

我抬起头，寻找最亮的星星。

这世上有很多美好的东西，懵懂的少不更事，青春的奋不顾身，成长后的润物细无声。

而有些人永远懵懂，有些人永远青春，沿途经过，恋人千姿百种，总有一片深情，哪怕玫瑰枯萎，野草也能盛放，终会找到一朵让你热爱。

这世上有很多美好的东西，懵懂的少不更事，
青春的奋不顾身，成长后的润物细无声。

ROUTE 66

我再也不想
忍受你的坏脾气了

文/苏小昨

我再也不想做一个任由你欺负的好姑娘了。

顾漫第一次去金星家时，金星的妈妈一边以每三秒擦一下的速度擦着桌子，一边以每秒吐一个字的龟速对顾漫说，我们家金星啊！不仅人长得帅，心眼还特别好，对家里长辈特别孝顺，尤其对我，那就叫一个好，根本见不得我受一点委屈，小时候，我和他爸吵架就知道护着我了。唯一的缺点就是脾气不太好，怎么形容呢？就是那种，一擦就着，不点还自燃的暴脾气。我看你蛮温柔的，可能要委屈你以后多多包容我们家金星了。婚姻就是这样，要想长久，总得有个人多包容点，一辈子说长也长，说短也短，忍一忍这辈子也就过去了。金星他爸也是火暴脾气，现在老了反而越来越温顺了。阿姨是过来人，真心希望你俩好，所以唠叨得多了点，你不要介意哈！

顾漫摆出了蒙娜丽莎式的微笑，可是内心有一万匹马在狂啸，这未来的婆婆，一见面就和她玩甄嬛传啊！凭什么要她一个姑娘忍受金星的臭脾气，金星比她大六岁，就不能照顾一下她吗？

不过这是第一次和未来婆婆见面，心中有再多不快也得忍一忍的，于是顾漫笑眯眯地说，阿姨，您放心，我从小就是乖乖女，慢性子，没脾气。长那么大从来没和别人吵过架，脸都没红过。我妈常说金星，将来你和我闺女吵架，压根吵不起来，即使出现矛盾，一定是你的问题，因为我闺女是天下最善良的姑娘，温顺得就像只小白兔。绝对不会惹是生非！不愧是亲妈！太了解自己的孩子了。

金星妈妈脸上红一阵，白一阵，含糊其辞地说道，那再好不过了！还有，我家金星特别笨，也很懒，打小被我惯坏了，不会洗衣做饭，以后还得劳烦姑娘多多照顾我们金星哈！听金星说，你厨艺很好，总说你做的饭比我好吃多了！我们金星还真有口福。

顾漫在心中叫苦不迭，这未来的婆婆应该穿越回到大清啊！太适合和其他心机婊妃子争奇斗艳，在这里和她这个小白兔一较高下太小儿科了。顾漫刚想笑着说，阿姨，您放心，这男人啊，结了婚啥都会做的，洗衣做饭都能慢慢学会，我会慢慢教给他的。

这时金星爸爸从外面走进来，一张嘴就火冒三丈地冲金星妈妈说："这都快中午了，你还不赶紧做饭，在这里叽叽歪歪说啥呢？不能姑娘第一次进门就饿肚子！赶紧做饭去，别擦桌子了！真是妇道人家，一天到晚就知道擦桌子嚼舌根，擦桌子你还能擦出花来！我都服了！"

扭过头又一脸憨笑地对顾漫说："姑娘饿坏了吧！让你见笑了，你阿姨就是喜欢拉家常，一说起来就没完没了！想吃啥告诉叔，让你阿姨给你做去！"

顾漫心中乐开了花。这真是一物降一物啊！虽然婆婆是心机婊，但是未来公公是耿直BOY。顾漫打心眼儿里喜欢这个直率坦诚的憨厚公公。脾气暴点没关系，这样的人实在，没啥坏心眼。

金星和顾漫临走时，金星的妈妈拉住顾漫的手，深情地说，真是一个好姑娘，阿姨希望你和我们金星好好走下去，你俩也老大不小了，赶紧结婚吧！阿姨把传家宝送给你，希望你继续传承下去。

说着金星的妈妈颤颤抖抖地在口袋里掏出一张塑料纸包装的镀金链子，蝴蝶花瓣的款式，淘宝上9块9还包邮，款式应有尽有。金星的妈妈坚持把金链子给顾漫带上，顾漫只觉得浑身有无数只蚂蚁在爬，她的皮肤很容易过敏，尤其是镀金的东西。

俩人一上车，顾漫就赶紧摘了悄悄放起来。金星看到火冒三丈，你一点都不尊重我妈妈！顾漫有苦难言。她又不能说你妈送的金链子是假的，怕伤和气。她只好说，东西太贵重，怕在路上弄丢了。

在没有跟金星回家之前，顾漫家里上上下下老老少少都很反对她和金星的婚事。原因是两家离得太远，远嫁姑娘太悲惨。

第一次从金星家回来，顾漫认真考虑了很久要不要继续交往。因为，其一，金星脾气真的很冲。顾漫姥姥和妈妈见了金星几次面都说："闺女，这小伙子人是不错，长得也不错，但脾气不好啊！你看这头发天天都一根根竖着，跟雷震子似的，整天就跟斗鸡的公鸡一样，随时准备战斗。以后你和他在一起你降伏不了他，一旦吵架吃亏的肯定是你。"

顾漫笑了，人家的头发并不是天生这样，而是打了发蜡，故意吹的造型好吧！这样身高至少提高五厘米。

其二，未来婆婆心机太重，第一次见面就和自己耍心眼，以后这日子还不知道怎么过呢，除非不生活在一起。

那时顾漫和金星正处于热恋期，金星是她的初恋，她深爱着金星，爱到骨髓里那种。所以，顾漫觉得这些问题都不是问题。她天真地觉得爱可以战胜一切。

家人极力反对，千方百计棒打鸳鸯，顾漫恍惚中有种梁山伯与祝英台的悲壮感。原本因为性格不合，总是吵吵闹闹的感情，反而因此一致对外，情比金坚。

那阵子，俩人想得最多的就是怎么突破一切障碍才能在一起。父母的阻力让俩人平淡如水的感情，一下子变得轰轰烈烈、海枯石烂。顾漫恨不得跟着金星私奔到天涯海角。

父母的反对，让顾漫更加不可救药地深爱着金星。

到底有多爱呢？

一想到有一天俩人会分开，顾漫的心就隐隐作痛，连呼吸都会觉得撕心裂肺。

所以她总是掏心掏肺地对金星好，好到令人发指的地步。

睡货金星这些年来为了多睡一会儿从来没有吃早餐的习惯，以至于得了慢性肠胃炎，每天早上起来都会拉肚子。

顾漫特别心疼，所以每天早上天刚蒙蒙亮就蹑手蹑脚起来为金星变着花样做早餐。辣椒煎蛋汉堡、老干妈寿司、酸豆角炒饭……这些都是金星的最爱。

到底有多爱呢？

顾漫做好早餐，化好妆，轻轻地把金星吻醒，让他起来吃早饭。刚开始，金星特别幸福，笑着醒来，把顾漫一把拉到怀里，紧紧地抱着，用力地吻着。

慢慢地，金星开始面露不悦，皱着眉头说，我想多睡一会儿，你自己吃吧！

到最后，顾漫一身烟火气地出现在卧室，金星就会心烦意乱地说，我给你说过多少遍了，我想多睡一会儿，我不想吃早餐，你怎么就是听不明白？

顾漫很委屈地说，可是我都做好了。你不吃早餐对胃不好，天天早上起来拉肚子……

金星火冒三丈："我的身体不用你操心！你怎么比我妈还烦，拜托我找的是女朋友，不是妈！"说完起来，火速穿上衣服，然后摔门而去。

留下顾漫一个人在原地哭成泪人。

这样的事情，大概发生了几次后，顾漫才特别委屈地问我："亲爱的，我真的做错了吗？"

我万般心疼地说："小漫，这不是你的错！我们的妈妈、奶奶和姥姥总教育我们要贤惠、要温柔，想拴住男人的心，先拴住他的胃。而像金星这样的巨婴和妈宝男，从小娇生惯养，被父母宠得好像全世界都像他们妈一样。如果非得鸡蛋里挑骨头，那么你唯一的错误就是太不懂得爱自己了！你要知道，一个女人只有懂得爱自己，才有能力爱别人啊！你要知道在一段感情里付出越多的人越委屈，而这种付出感是亲密感情的致命杀手。女人啊！有时候懒一点，自私一点，反而更可爱。你只有懂得爱自己才有让自己幸福的能力啊！"

顾漫若有所思地点了点头。

在顾漫的朋友圈，我看到了她的变化，她不再天刚蒙蒙亮就起床做早餐，而是在小区附近的公园里跑步，跑完步直接在小区门口买俩煎饼果子或者肉夹馍，金星如果心情好就吃，心情不爽，顾漫就不急不躁，一个人吃双份的早餐，心满意足地打个饱嗝，然后去上班！

以前顾漫很喜欢给金星打电话，中午午休会打电话问他："有没有吃早餐？"

晚上下班问他："几点下班？晚上回家吃饭吗？"

如果金星晚上出去应酬到十点不回家，她还会每隔半个小时嘱咐他早点回家。

每次打电话金星都有点不耐烦，尤其是晚上，打多了就会火冒三丈。"吃完饭，我自然会回家的！你至于吗一个电话接一个电话，烦不烦啊！"

顾漫很委屈："人家不是担心你吗？"

金星没好气地说道："我又不是三岁小孩，你就是不信任我！疑心重！"

顾漫百口莫辩……

慢慢地，顾漫不再给他打电话。

中午她会和同事一起吃饭，八卦一下娱乐新闻。

晚上下班后也一个人吃饭，然后抱着电脑看部电影，要不看看书，刷刷微博，时间竟也过得很快。她不再关心金星到底几点回来。

刚开始，金星觉得很爽，就像冲破牢笼的小鸟，无拘无束，自由自在。他竟然肆无忌惮地玩了几个通宵。

你只有懂得爱自己
才有让自己幸福的能力啊！

看到哥们不停地出去接电话，压低嗓音不停地说："对不起，对不起！马上回家！"金星还在心底嘲笑他们，真是妻管严，一点男人的骨气都没有！

后来慢慢地，看着安静的手机他也开始有些失落。

只是他是只煮熟的鸭子，嘴硬，嘴上依然高呼自由万岁。

本来顾漫以为她这么一步一步地后退，金星会有所收敛。但没想到金星会变本加厉，脾气也越来越臭。

最让顾漫难以忍受的是，金星连小区门口的保安和挤地铁时和他抢座的大妈都不放过，因为一点小事就和他们捋起袖子吵个不停。

顾漫觉得特别丢人，一个大男人，大庭广众之下，和一个中年大妈斤斤计较，骂骂咧咧，成何体统。每次顾漫都会拉着金星的胳膊说："别吵了！就少说一句吧！"

然后把倔驴一样的金星拉下车，金星还不忘冲她大发雷霆："我发现你每次都吃里爬外，帮着外人和我对着干！你是不是有病啊！"

顾漫瞠目结舌地说："那你要我怎样？和你一起在大街上和别人对骂吗？你不嫌丢人我还嫌丢人呢？我和你说过很多遍，有两类人不能惹，一个是老人，一个是女人。就算你再占理，保不齐那个老人有病呢？搞不好那个女人是孕妇呢？你和他们吵来吵去，他们情绪一激动，晕倒怎么办？他们都是弱势群体啊！到时候出了问题，有理说不清啊！"

金星粗鲁地打断顾漫："瞧你那个怂样！活该是受气包！我的原则是绝不受欺负！上大学，我班上有个同学他哥哥就因为和别人吵架没吵过人家，还被人用啤酒瓶砸了头，那股怒火没发出来，你猜怎么着了？疯了！现在在精神病医院，同学的爸爸妈妈都哭死了！我可不能因为受气，而把自己憋成精神病。以后你也得让着我知道吗？我妈说我小时候发脾气，怒火如果不发出来，就会翻白眼，大喘气，挺吓人的！没办法，谁让咱天生就是暴脾气！"

顾漫无奈地说道："你能不能不要总是给自己心理暗示：'我是个暴脾气！''满腔怒火发不出来就会得精神病！'要给自己好的心理暗示：'我一定可以控制自己的情绪！''把脾气拿出来是本能，把脾气压下去是本事。'你再不控制脾气早晚会摔跟头啊！"

攒够了失望就离开！

金星非常不耐烦地说，行了，别叨叨了！一说起来就没完没了，跟我妈似的，烦人！

很快，金星因为自己的臭脾气栽了跟头。

他和新来的实习生因为倒水这样的小事吵了起来，金星得理不饶人，因为嘴贱，俩人还打起了起来。实习生被打得鼻青脸肿，金星却毫发无损。结果实习生后台特别硬，董事长是他亲舅舅。虽然断定两个人各有一半的责任，但是没过多久，金星因为犯了一个小错就被公司辞退了。

巧合的是，金星失业期间正是顾漫春风得意的时候，她因为在报刊上发表了几篇文章还被提升为策划部经理。

失意的金星自尊心越来越强，脾气越来越臭。顾漫每天小心翼翼地说话、办事，一不小心说到和工作、钱相关的事情，金星就会火冒三丈，你不就是嫌老子穷吗？你现在发达了，想迫不及待地抛弃我另攀高枝。

为什么他总用最差的情绪、
最臭的脾气来挑战自己的底线。

他总是在小事上鸡蛋里挑骨头，挑顾漫的错。譬如，家里有蚊子，他觉得是顾漫没有关好门窗，放进了蚊子；再如，他总嫌顾漫加班太晚，扰乱了他的作息。顾漫只要一说是为了这个家才加班，他就会又摆出一副：哼！还不是嫌老子穷！

他总抱怨顾漫变了，以前温柔贤惠，变着花样给他做早餐，现在一个月不下一次厨；以前袜子内裤都会手洗，现在都懒得把衣服往洗衣机里扔……

顾漫的心在滴血，她哭着把金星指责她的聊天记录发给我，然后，一字一顿地敲下一行字："等我攒够了失望就离开！"顾漫想不明白，她全心全意呵护的一段感情，怎么就变坏了呢！

顾漫曾苦笑着对我说，现在她看到公司里任何一个男的，哪怕只是实习生都有种相见恨晚的感觉。

她想不通，金星现在怎么变得那么玻璃心，那么无理取闹。为什么他总用最差的情绪、最臭的脾气来挑战自己的底线。

顾漫说以前深爱他，愿意容忍他的臭脾气，现在他那点可笑的自尊心，以及一碰即碎的玻璃心和深入骨髓的"直男癌"思维，已经把他们的爱情消磨殆尽。

最近，金星的妈妈总是催着俩人回老家。她的理由很充分，大城市房价太高，交通拥挤，空气还不好，再加上金星事业也不顺利，回到家能找个安稳的工作，顾漫好赶紧生孩子。

顾漫坚定地说，我好不容易在喜欢的领域做到了中层领导，我不想一夜回到解放前，重新开始。

金星和妈妈都说，在大城市打拼多累，没有户口孩子上学都是问题。你是一个女人，迟早要生孩子的，女人的舞台是家庭，赚钱是老爷们的事。

顾漫笑了，如果我们在大城市混不下去，灰溜溜逃回去，在小城市依然举步维艰啊！在大城市还能靠能力拼一下，在小城市拼的就是人脉，我们又没有资格啃老，回去干吗？再说现在我的工资养家绰绰有余，你再找个好工作，咱们一起努力，买车买房生娃是迟早的事。

一提到工作和钱，金星又是一阵狂飙。

为了让俩人回去，金星的妈妈上演了场装病的戏码。

顾漫请了假，俩人风尘仆仆赶回去，全家人都在逼宫，逼着顾漫生孩子。顾漫无奈地说，我刚升了经理，现在不能生孩子，否则前途尽毁。

金星的妈妈很生气地说，你现在都30岁了，再不生以后想生都难了！你能不能不要那么自私啊！你尽管生，养家养娃不用你操心。

顾漫忍住怒火说，金星在家闲了半年了，找个工作挑三拣四、眼高手低，还叨叨要创业，你们让我辞职回来生孩子，全家人等着喝西北风吗？

还没等顾漫说完，金星噌地站起来，用力推搡了她一把，用手指着她的眉头问她："顾漫，你给我爸妈胡说什么呢！你升职加薪了不起了，就可以高高在上、随意贬低别人了是吗？"

金星用的力气过大，顾漫的腰猛一下撞在家里的八仙桌上，只听"咔嚓"一声，本来就有腰肌劳损的她就这么把腰给撞伤了。

佝偻着腰龇牙咧嘴的顾漫，伸手想让金星扶她一下，金星却嘲笑她，别在这儿和我装了！苦肉计不好使了！

那一刻，顾漫的心跌至谷底！

那一刻，顾漫的心跌至谷底！

她拿起自己的包，一瘸一拐，头也不回地走出了金星家。自己打车去医院拍了片。医生指着错位的腰椎说，姑娘，你这是长期劳累引起的腰肌劳损，现在被硬物这么一撞错位了。我给你先用人工掰一下，可能会很疼，忍着点儿！

医生用力的那一刻，顾漫疼得掉下了眼泪，这时金星打来电话，顾漫含着眼泪挂断了，在宾馆住了一晚，第二天一大早离开了金星的家乡。

顾漫回来后，把所有的心思都放在工作上，策划的创意频频得奖。金星回来找她，她避而不见。金星到处抱怨，顾漫就是嫌他穷才分手的，顾漫变得虚荣，嫌贫爱富。

顾漫并没有做任何解释，也没有和大家提起在金星家被他欺负的事情。

金星最后灰溜溜地回到家乡，娶了一个当地的胖女人，生了俩娃，婆媳关系鸡飞狗跳，一地鸡毛。

顾漫一路升到市场部创意总监，后来遇到一个外国客户的猛追，一年之后，顾漫终于敞开心扉牵手那个金发碧眼、视她如宝的法国男人Lucas。

也就是那时候，顾漫才知道原来爱情还有另外一种打开的方式。法国男人会在天刚蒙蒙亮时系着可爱的围裙，给顾漫烤面包、打豆浆。他知道顾漫最爱喝豆浆，为此他也放弃了心爱的牛奶。他用不标准的中文告诉顾漫，这叫爱屋及乌。

他会在顾漫的姥姥生日当天，给姥姥买最爱看的梨园春戏票，陪老人看得津津有味。他会一脸宠溺地看着打瞌睡的顾漫，并把她的头放在自己腿上，让她睡。

睡醒一觉，看着冲自己笑眯眯的姥姥和Lucas，顾漫幸福得有点眩晕。

回家的路上，顾漫刷朋友圈，看到金星晒一家四口的全家福，金星和老婆就像喂了猪饲料一样胖了整整两圈。

顾漫忍不住笑了，她也随手发了一条信息到朋友圈：“离开你之后，才知道自己的命有多好！”

金星或许到死都不知道，自己曾用最坏最臭的脾气逼走了最爱他的女人！

这些都不重要了，重要的是那个曾经在爱情里卑微到尘埃里的姑娘，终于得到了幸福！

这些都不重要了，
重要的是那个曾经在爱情里卑微到尘埃里的姑娘，终于得到了幸福！

你是这个世界
写给我的情书

文/小新

那一年，
顾一昂6岁。

1

拍婚纱照，这是一件多么庄重的事情，陈雪居然在5岁的时候就做过了。

陈雪嘟着嘴巴，穿了一件粉红色的百褶裙，上面还绣着白色的蝴蝶结，真的很像一个淘气的小公主。

而在陈雪旁边的小胖子，是顾一昂。

顾一昂，故意昂着头，看上去才跟陈雪的身高差不多。

那一年，顾一昂6岁。

两个人被拉到了一起，先是拍了一张婚纱照，之后，又被带到了婚礼的现场，当了花童。

婚礼司仪深情款款地说：“接下来，让我们有请一对新人入场……”

新娘和新郎，缓缓踏上T台。

身后跟着5岁的陈雪和6岁的顾一昂，手牵着手。

可能陈雪有一点紧张，差点绊住了。

顾一昂用手臂紧紧地拉住了陈雪，避免了一次婚礼意外。

到了主舞台，才发现长得有点像宋小宝的婚礼司仪真的很欠。

他一把拉过来陈雪和顾一昂，色眯眯地看着他们俩——“二十年后，叔叔也来主持你们的婚礼好不好呀？”

陈雪回答：“好。”

顾一昂看了陈雪一眼，也回答：“好。”

台下一众大人，鼓掌，哈哈大笑。

顾一昂牵起了陈雪的手，两个小朋友颤颤悠悠地走下了台。

2

陈雪和顾一昂是邻居，也算是一块长起来的小伙伴，每天上学放学都混在一起，狗皮粘着膏药一样。

你以为我要给你讲一个青梅竹马两小无猜的爱情故事吗？

NO。

人，真的是有长残的那一刻的。

童年时代的顾一昂走的是可爱路线，跟个小弥勒佛一样，圆不溜丢粉嘟嘟的，谁见了都恨不能捏他一把，或者把他放在墙上当年画。

可是，顾一昂已经是一个初中生了，小弥勒佛没有当年那么受青睐了。

顾一昂被封了很多的外号：“蛋蛋”“胖球”“死胖子”，最狠的是“成了精的肉丸子”。

顾一昂自己也懊恼万分，但是他既闭不上嘴，也迈不开腿。

某一个天有异象的傍晚，陈雪指着正在往嘴里塞大鸡腿的顾一昂，大喊了一句："顾一昂，你再吃，尿尿的时候就看不到自己的小鸡鸡了。"

错愕之间，大鸡腿掉在了地上。

顾一昂认为，这是他13年来，最屈辱的一天。

鸡腿放在嘴边，却没有吃成。

而且，一个女孩子，居然说到了自己的小鸡鸡。

他再也不想理陈雪了。

不过陈雪的名字，倒是经常被迫听到。什么小学霸呀，什么大队长呀，什么班花呀。

那又怎样？

— 圈子不同，不必相容

圈子不同，不必相容。

陈雪在她万众瞩目的道路上一路狂奔，顾一昂也在胖到更胖的道路上阔步前行。

正所谓——小鸡不尿尿，各走各的道。

嗯，不想再说小鸡！不想再说尿尿！

可是，陈雪就像小朋友喜欢的那颗糖，顾一昂怎么舍得随随便便就丢掉那颗糖呢。

顾一昂忍了一周，到了放学的点，又跟往常一样，守在了学校的大门口。

见到了故作淡定的顾一昂，陈雪耸了耸肩，塞他手里一个蛋黄派。

“饿了吧？”

顾一昂点了点头，撕开包装袋，把蛋黄派塞到了嘴巴里。

陈雪无奈地摇了摇头。

3

在陈雪内心深处，顾一昂的妈妈是让人羡慕的。

顾妈妈是一名医生。

陈雪还记得小时候去医院打吊针，看到穿着白大褂的顾妈妈，腿马上就软了，完全是人为刀俎我为鱼肉的架势。

顾妈妈的声音很小，声线略微有点低，弯下腰来说话，就如同蔡琴在耳边唱了一首《你的眼神》。

顾妈妈刮了一下陈雪的鼻子，透进鼻腔里的是特别好闻的润肤露的味道。

“小雪放心，阿姨打针一点都不疼……”

陈雪果然被催眠了。

陈雪后来才搞明白，一个人眼神里的温柔，才是百分之百的麻醉剂。

有时候，杀死人的，并非刀剑，而是那一抹温柔。

生活不是童话，
代价不能太大

顾一昂也延续了顾妈妈眼神里的温柔。

上学路上，顾一昂突然捂住了陈雪的眼睛。

过去了之后，顾一昂跟陈雪说，刚才有一个要饭的人，头上长了好大一个包，怕你害怕。

你看，成年后的我们听过或者见过太多的情话：

“我爱你一生一世”；

“其实，我一直都在你身后，就差你一个回头”；

“我们要做的，就是彼此拉着手走到最后，其他的交给命运”；

“我爱你，胜过爱自己”

……

可是，“怕你害怕”，就是这简简单单的四个字，却那么温润动人呢。

顾一昂的妈妈，会给顾一昂做特别好吃的早餐，还会给他准备课间的零食，每天会送顾一昂出门，挥一挥手，笑意盈盈的。

陈雪想：“如果顾一昂的妈妈是我的妈妈，那就好了。”

不过，转念又想，不行不行，那我就会被顾一昂的妈妈养得很胖了。

生活不是童话，代价不能太大。

那天，贪吃的顾一昂迟到了。

陈雪一直在路口等他，顾一昂径直走到了陈雪面前：“这是我妈妈做的，让我带给你尝尝。”

那是几块陈雪之前从来没有见过的鳕鱼。按照顾一昂的说法，这种做法叫“红酒柠香银鳕鱼”。

陈雪囫囵吞枣地把鳕鱼吞进肚子里，像蜜蜂吃到了蜜一样心满意足。

只可惜，顾一昂和陈雪之间的好，只停留在友情阶段。

没办法，本质里，每个女孩子都是一个涩女郎吧。

她们的渴望是——身边睡着的人，是金城武；陪着聊天的人，是杨洋；相约逛街的人，是李易峰；一起做饭的人，是谢霆锋。

虽然总有人说，帅哥越看越腻，长得不好看的人，看着看着就会习惯的。

陈雪想，顾一昂的确很好，他脾气好，他人缘好，他对我很好。

可是一想到自己的未来要跟一个个子很高的大胖子在一起，就觉得那画面实在有些辣眼睛。

4

上了大学之后，顾一昂和陈雪真的分开了。

顾一昂去了昆明，陈雪去了长春。

陈雪收到的第一封信，居然是顾一昂写来的。

“陈年老酒一样友情的小伙伴，大学的感觉怎么样？”

“陈年老酒”，请问这是什么比喻？顾一昂搞什么名堂？不好好说话。

“我现在昆明，昆明是春城，四季长春，你又在长春，你看我们多么有缘分呀。”

顾一昂什么时候变成这样了？酸酸的一壶陈年老醋。

冬天结束，春暖花开。

陈雪很快收到了一位师兄无比热烈的表白。

也许是寂寞，也许是兴奋，总之，陈雪几乎都没有思考，脑袋一热，便进入了恋爱模式。

其实，陈雪是用眼睛思考过的。

女孩子内心都充满了对爱情的幻想，一旦遇见一个温情的男人对她稍微温柔一些，就很容易深陷其中，无法自拔。

喜剧的内核，一定是悲剧。

师兄是文艺部的副部长，会弹着吉他对着陈雪唱宋冬野的《董小姐》，不抽烟不喝酒不烫头，腿几乎占了身体的三分之二。

这些硕大的优点，很难让一个大一的妹子不心动。

陈雪给顾一昂打电话，身上的每一个细胞都在唱着情歌。

“顾一昂顾一昂，我有男朋友咯。他的体重，可是你的一半呀……”

“不错呀小雪，看来他的身材很标准嘛……”

喜剧的内核，一定是悲剧。

半年之后，陈雪就发现了师兄的大长腿横跨了好几条船。

陈雪慌了，怎么办？分手，还是不分手？

陈雪享受师兄带着她出去应酬时，众人艳羡的目光，仿佛自己就是东宫之首，等着一拨嫔妃跪拜。

可是就在陈雪迷茫的时候，师兄却跟她告别了。

陈雪拨通了顾一昂的电话。

不知道为什么，当顾一昂叫了一声“小雪”的时候，陈雪的眼泪就夺眶而出了，哭长城的孟姜女都不一定能敌得过她。

我们的生命里都会遇到这样一个人：

想到他的每时每刻，就像喝到了一小锅鸭血粉丝汤，嘴上、心上、胃里，都是暖暖的。

有那么一刻，陈雪觉得，顾一昂就是属于她的那一小锅鸭血粉丝汤，哦，错了，是一大锅鸭血粉丝汤。

5

那是顾一昂第一次去长春，2500公里的距离。

和顾一昂见面的时候，陈雪成了睁眼瞎。

只见到一个高高瘦瘦的男生，冲着她张开双臂，可是，怎么也看不出来，那是顾一昂呀。

“蛋蛋”“胖球”“死胖子”“成了精的肉丸子”，没一个跟眼前的这个男生沾边的。

肉丸子没成精，而是吃了瘦肉精。

和当年相比，差了整整一个银河系。

陈雪终于相信，型男彭于晏曾经是一个人见人笑的大胖子。

陈雪终于相信，黑人陈建州曾经是一个怕自己找不到老婆的大胖子。

每个胖子都是潜力股呀。

陈雪和顾一昂紧紧地抱在了一起。

顾一昂说，减肥的最初，恨不能都要告别人间了。

健身教练帮他制定了每天固定的活动顺序：

头部——肩关节——三角肌——肱三头肌——手臂前侧——侧腹——小腿肌肉——大腿后侧肌肉——大腿前侧肌肉——背部。

无氧运动和有氧运动。

过午不食。

特别是到了晚上不敢吃饭，饥饿感像厉鬼一样死死地纠缠，顾一昂的选择有两种：第一种是立马向饥饿投降，不再“折磨”自己；另一种是为了告别肥肉死磕到底。

笨办法，永远都是最忠实的。

几个月的时间，顾一昂减了60斤。

真爱，就是两个人，都愿意陪伴彼此。

这是一个爱情泛滥的时代，或者说，是一个表白泛滥的时代。

我们天天在说爱，但是对于爱，我们真的足够了解吗？

当你觉得自己在爱的时候，有多少是真的爱了呢？

真爱，就是两个人，都愿意陪伴彼此，成为更好的对方和更好的自己。

真爱，就仿佛你忍住的那个嗝，你用手罩住自己的口鼻，进行3~5次深呼吸；你用纱布垫在舌头上，用手指捏住舌头向外拉；你闭气，一口气喝下浓浓的食盐水……

你试过了所有的方法，可是，嗝，却以更大的力量冲出了体外。

而陈雪，就是顾一昂的真爱。

6

这个世界上，表白比爱情多，明星比“粉丝”多，作家比读者多，骗子比傻子多。

所以，能找到一个爱你的人，一直爱你的人，真的比登天都难。

每个女孩子，都在等这一天。

只是，异地恋的生活，真的无比辛苦，煲电话粥，微信视频，都用上了。

没过多久，陈雪收到了顾一昂写来的第二封信，这可真是一个老土的沟通方式。

“雪花飘落的那一刻，我怕你穿少了。东北那么冷。”

顾一昂不会是加入了什么文学协会吧，怎么这么酸？

那一年的寒假，是完全属于陈雪和顾一昂的。

顾一昂从昆明飞到了长春，跟陈雪会合。

长春刚好下了一场大雪，两个人毫无顾忌，像孩子一样打起了雪仗。

陈雪戴了一条红色的围巾，顾一昂穿了一件黑色的呢子大衣，像一幅画。

不知道怎么回事，两个人突然撞在了一起，陈雪趴在了顾一昂的身上。

顾一昂愣了一下："你想干吗？"

顾一昂的耳朵红得像两颗西红柿。

陈雪捂住他的耳朵，狠狠地亲了他一下。

顾一昂呢喃着："我的初吻没有了，我的初吻被夺走了……"

陈雪回答："初吻给了你，余生都是你。"

从长春回到了两个人最熟悉的故乡和最熟悉的家。

陈雪这才发现，自己家里一直都有顾一昂的印记：

几本顾一昂喜欢看的金庸武侠小说。

一只身高一米六的淘宝爆款毛绒熊，这是顾一昂送给她的18岁生日礼物，顾一昂说："看到这只熊，你就会想起我了。"陈雪说："身材是很像呀……"

还有顾一昂陪陈雪逛街的时候，陈雪非逼着他买的指甲油，可是由于过敏，陈雪用过一次，就再也没有用了。

两个十年之前，5岁的陈雪和6岁的顾一昂，手牵着手，走在婚礼的T台上；

二十年之后，顾一昂呢喃着："我的初吻没有了，我的初吻被夺走了……"陈雪回答："初吻给了你，余生都是你。"

我们太喜欢用"十年"来定义我们的生活了。

十年前，一群恨不能在身上纹龙画虎的青年人，边看边感慨其实并没有完全理解的《大话西游》，那会儿看的是网上的免费资源，后来，当《西游2》上映的时候，哥儿几个重新约起来，补上当年欠下周星驰的电影票。

十年后，天后王菲开了场演唱会，全世界的人都可以通过网络直播听到看到。

十年，是念。

顾一昂等到陈雪，用了一个十年，再加一个十年。

十年，是念。

7

你也能发现，顾一昂写给陈雪信里的秘密吗？

“陈年老酒一样友情的小伙伴，大学的感觉怎么样？”

“雪花飘落的那一刻，我怕你穿少了。东北那么冷。”

“我们有很长时间没有见面了吧，小雪？”

“结束了，又是一年结束了。”

“昏沉沉的午后，又在看金庸。《道德经》里有一句‘大盈若冲，其用不穷’，你看，令狐冲和任盈盈就是天生一对嘛。”

这几封信的开头第一个字连起来就是——陈雪，我们结婚。

陈雪才想明白了一句诗：

我每天穿得花花绿绿，在你面前晃来晃去。

你却长了一双狗的眼睛，只看得见黑白。

陈雪把这几封信摆在面前，盯着顾一昂的腹肌，略显忸怩地说：“顾一昂，这算你写给我的情书吗？”

顾一昂说：“怎么能说算呢？这就是情书呀。”

陈雪低下头：“可惜，我都没有给你写过情书。”

顾一昂拍了拍陈雪的头：“小雪，傻丫头，你是这世界写给我的情书呀！”

两个人能不能走到最后，真的讨论起来，问题还是很多的。

比如，两个人终究要毕业的，长春和昆明，到底应该选在哪个城市？谁更应该迁就谁？

如今最好，别说来日方长，时光难留，只有一去不返。

陈雪想，我应该去昆明，那是顾一昂所在的城市，那个四季如春的城市，那是一个我去了就能找到爱的城市。

毕竟，这么多年，一直都是对方在付出。

8

如今最好，别说来日方长，时光难留，只有一去不返。

陈雪和顾一昂，终于在一起了。

地理坐标：四季如春的地方。

刚住在一起，有一天，陈雪肚子疼。

晚上，去洗手间回来再躺下的时候，顾一昂翻身把她搂在怀里，帮她揉着肚子。

可是，白天，他们刚刚吵完架。

陈雪想，嗯，就是这个人了，再也不改了，哪怕他以后又成了“成了精的肉丸子”“蛋蛋”“胖球”或者“死胖子”。

我们都曾经这样肆无忌惮地幻想过未来：

我记得你曾经牵过我的手，我记得你身上的体温总是比我高；

在寒冷日子里，牵起对方温暖的手，踏实向前走的感觉；

你脚踏七彩祥云，成为盖世英雄，我依然是你的紫霞仙子，你记得我，我记得你；

世界并不会对你温柔相待，上帝也不会对你特殊照顾，但我会。

对喜欢的人，我们总会忍不住去找他。

有的情感专家说，要矜持一下呀，要懂得技巧呀，要学会含蓄呀。

屁咧。

我才不想在互相错过后，灰溜溜地回忆说，其实，当初我是喜欢你的。

鱼刺卡过喉咙，你却还是喜欢吃鱼。

你们相隔千里，可是你为了那一次相遇，不惜走遍千山万水。

是的，你喜欢，就甘愿。

你是这世界写给我的情书。

我在春天等你。

我不认识你，但我喜欢你

文/烟波人长安

你知道什么是命中注定？
就是你觉得彻底结束的时候，
她却出现在你面前。

如果我没记错，我和周围的人都还不了解什么叫感情的时候，李大年就已经开始网恋了。那个时候我每天晚上都要在篮球场打球，一个人练投篮，李大年这个话痨就站在一边，叨叨叨地跟我说他那些“壮举”，包括跟哪几个女孩又私订终身了，跟哪几个女孩又搭上线了，跟哪几个女孩交换了照片然后因为她们太丑于是分手了，哪几个女孩为他哭得不要不要的。

这些话我都是当故事听，虽然我也听得心潮澎湃，觉得这人真是个天才，但我不感兴趣，反正跟我没什么关系——三分线外一步，屈膝，跳起投篮！哎，投偏了——而且你瞅瞅你自己那个样，你有什么好嫌弃别人丑的？

长安你有没有在听啊，李大年说，不觉得我很厉害吗？

厉害厉害，快给厉害收尸吧，厉害死了。我敷衍他。三步上篮！怎么又偏了……肯定是因为天太黑，对，肯定是。

李大年还在那儿憧憬：新搭上线的这几个感觉不错，听语音都是萌妹子啊，就差照片了。有合适的要不要分你一个？

我想了想，问他：这里头有会打球的吗？

李大年愣住。

后来他就不跟我说了，嫌我没劲。真是给他脸了，你一个始乱终弃、脚踏好几条船的渣男，说我没劲？

据他说，他还在QQ里给这些女孩建了分组，有“刚认识的”，有“长得还行的”，有“可以长期发展的”，有“绝对不能再联系的”，整齐划一，五花八门。

一到周末，他就嚷嚷着要见网友，线上谈情线下说爱，捯饬得人模狗样出门，深更半夜才回来，还吹嘘，要不是“女孩的学校查寝”，他就要在外过夜了。

我厉不厉害？他用他一贯欠打的口吻问我。

我只好承认他很厉害。至少他见过的网友、谈过的网恋都有一打了，我还是个天真单纯的少年。

他每天没事儿就挂着QQ，噼里啪啦打字，一刻不停。他们宿舍的人烦他嘴碎，也不怎么和他交流。网恋天王李大年就这样天天消磨时间。

这样到大二上半学年，有一天他拎着一个大包来找我，跟我说，他要去外地见网友了。

顺利的话，这次可能是真爱。他神秘地说。

我没往心里去，毕竟他都真爱十几回了，不缺这一回。我只是惊叹，还真的有千里迢迢赶去见网恋对象的。

李大年说要去三天，三天后，他果然回来了。但反常的是，他没来找我炫耀他的战果，而是在宿舍闷头打游戏，整整一天没挪窝。

失败了，肯定是失败了。有朋友断言。

我们几个人过去找他。李大年双眼通红，正在游戏里冲着敌人扫射。

怎么，不顺利？我试着问他。

不顺利。他闷声说。

照片和真人不符吧？我猜，你想啊，现在修图的手段那么多……

不是因为这个。李大年又说。

那是因为什么？我又问。

李大年想了想，猛地摔了鼠标。

你们知道吗？他说，在外地那两天，我一只脚都踏进非法行业了。

啊？我一愣。

真的，李大年一脸严肃，本来吧，见网友挺顺利的，小姑娘也不难看。她跟我吃了顿饭，说她最近在做一个项目，问我有没有兴趣。

我肯定说有啊，他又说，结果她就带我去了，越走越偏，越走越偏，最后到了一个城中村一样的地方，她还打电话说叫个朋友一起来，打完电话就开始给我讲她这个项目多么多么赚钱，零成本高回报，只要我跟着她，月入几万不成问题。

我一想就不对，这他妈是传销啊！犯罪啊！李大年激动得手臂乱舞，说，我能去吗？我找了个借口赶紧跑了。连夜赶回来的，可吓死我了。

就差一点儿，他用大拇指和食指比画了一条小缝，就差这么一点儿，你们就得去警察局挂失我了。

我们一阵唏嘘，网恋果然太可怕了！

李大年往椅子上一靠，说，唉，我是不敢网恋了。

他还真的没有再网恋。这厮把QQ软件删了，电脑里的游戏、电影也都删了，摇身一变，变成了一个三好学生，天天泡图书馆。大二结束那一年，从来考试只求及格的李大年，考了一个全年级第二。

厉不厉害！他晃着肩膀在他们宿舍喊，就问你们厉不厉害！

没人理他。他们宿舍五个人，有两个人联机打游戏，其余两个站一边看。他们不觉得年级第二有什么厉害，他们觉得用梅西连进三个球的那个人厉害。

于是晚上，李大年灰溜溜地跑到篮球场，又看着我练投篮，一声不吭。半个小时过去，我擦把汗，他凑过来问我，长安，你觉不觉得我很厉害？

我说是很厉害。

我是真诚地觉得他厉害，至少让我天天在图书馆待着，还没考试，我肯定就先

放弃才需要勇气。

疯掉了，别提什么年级第二，我倒是能考到倒数第二，毫不费劲。

李大年很高兴。那句话怎么说的来着？他突然问我。

我还没反应过来，他一把夺走我手上的篮球，用尽力气往前一扔，嘴上嚷道：我是天才！

球像炮弹一样飞出去，狠狠砸在一对在树底下卿卿我我的情侣身上。

那天我们是逃出篮球场的。

后来上大三，李大年一发不可收拾，上半学年勇夺年级第一，下半学年又一个年级第一。到了申请奖学金的时候，按他的成绩，妥妥的一等，结果他不知道想什么，自己放弃了。

— 不过是虚名。

都是虚名，都是虚名啊。他还是欠打地说。

我和他下课一起回宿舍，路上有同系的人经过，还对他指指点点，说这就是那个不要奖学金的第一名。

李大年挺起胸膛，一米七的身高走出了一米九的气势。

那一瞬间我突然想，其实他费这么大工夫，就是为了能多得到一些人的关注吧！

可那是好大一笔钱啊！拿来请客吃饭也行啊！

暑假过去，我们升上大四。我找了份实习，不怎么在学校。李大年也实习，实习的公司比我强很多。偶尔找他回学校吃饭，他站在食堂门口，看着来来往往的低年级学生，都要长叹一声：唉，这些小年轻。

大哥，你比人大不了多少好吗？

再后来，临近毕业，学校让我们回去领毕业服，李大年也在。他和他们宿舍的人没话说，跟在我旁边，给我讲他实习的事情。领了服装出来，教学楼前头叽叽喳喳一大片人。我们从外头绕着走，前头有几个女孩凑在一起说话，其中两三个我认识，是别的系的。李大年本来正说得兴起，讲到他怎么发现他两个同事有奸情，往前瞥了一眼，突然站住。

你怎么了？我随口问。

我落了东西，跟我回去拿。李大年说着，拉着我衣服就转身想走。

哎，你不是空着手来的吗？我没控制住，声音大了一些。

前面那几个女孩听到了，纷纷往我们这边看，然后——

“李大年！”

这一声中气十足，魔音灌耳，吓了我一跳。没等我看清是谁喊的，一个身影已经扑了过来，劈手就给了李大年一个脆生生的耳光。

我傻了。周围人都傻了。李大年没傻。他单手捂着脸，低着头，也不看身前那个人，好像他挨打是应该的一样。

这时我终于看清了这位打人的女孩。她比我矮一点，头发刚过肩膀，长得不难看，五官立体，唇红齿白。我刚想说同学咱们有话好好说别动手，又发现，这姑娘眼里含泪，正在微微颤抖。

什么情况啊这是？

李大年拿眼看着地面，不说话。

你不是说你会来找我吗？女孩先说话了，声音哽咽，感觉随时能哭出来，我等了你那么久……你不是说你会来找我吗？

“你不是说你会来找我吗？！”她一下失控了，扬起手又要打。我赶紧把李大年一把拖开。女孩的几个朋友也冲上来，七手八脚把她拉住。

“小絮你怎么了？”我听到她们问，“这人是谁？”“你打他干什么？”“别哭了别哭了……”

后头的话我就听不清了，因为我拉着李大年突出重围，沿着教学楼后面的小花园逃了出去。最后一个画面，是打人的女孩被朋友围着，手背捂着眼睛，哭得稀里哗啦。

李大年自始至终没说一句话，我把他扯出去的时候，他还一路低着头。

跑出小花园，走上大路，他好像才有点儿恢复了意识，四下看看。我们在哪儿呢？他问。

我没回答，而是反问他一个问题：刚才那女孩是谁？

哪个女孩？李大年装傻。

我指指他的脸，给你一巴掌的那个。我提醒他。

李大年揉揉左脸。嗨，你说那个人啊，不认识。他说，精神病吧。

精神病知道你的名字？我又问。

李大年语塞。半晌，他挥了一下手臂，说，谁知道她怎么知道的，真不记得了，你说，我以前那么多网恋呢，得罪一两个也很正常，排着队要和我谈恋爱的那么多，怎么记啊。没准儿、没准儿……哈哈哈哈！

我叹了口气。

李大年，你能不能不撒谎了？我说。

李大年还沉浸在激动的情绪里，听到我这句话一愣。我撒什么谎了？他反问。

你的QQ我看过。我轻描淡写地说。

李大年呆住。沉默了好一会儿——你什么时候看到的？他低声问。

忘了，我说，大一或者大二吧，我在你电脑上拷选修课的教材，你QQ就开着，没有你说的那些分组，你QQ就三个分组，一个“我的好友”，一个黑名单，一个叫“她”，黑名单里有两个账号，“我的好友”有六十个，那个“她”，里头就一个人。

李大年无话可说。你眼神够好的。他说。

不是我眼神好，是你电脑卡。我说。

李大年又陷入沉默。他走得越来越慢，最后在一棵树旁边停下。

你之前又是什么周末见网友，又是什么和追你的女孩吃饭的，都骗人的吧？我问，都是自个儿在外头晃了一天吧？

我觉得我把一辈子能说的话，都对她说了。

李大年不置可否。

你们认识多久了？我又问他。

很多年了，李大年说，高中毕业那一年认识的。

我心里一惊。高中毕业那年他18岁，现在他22岁，这都四年了啊，怎么没听他说过？

那会儿我闲得无聊，李大年又说，开了个博客，写一些酸诗，她是唯一一个会给我留言的，我们用博客聊天，每天都说话，说了很多很多话。她说我这人很有意思。

后来……他想了想，又说，后来我上大学了，她高考成绩不好，复读一年，偶尔上QQ跟我诉诉苦。我那会儿天天假装跟很多网友聊天，你说对了，其实没有什么网友，我都是在给她写信，用邮件发，一年写了七十多封。她知道了我叫李大年，我知道了她叫叶小絮。我觉得我把一辈子能说的话，都对她说了。

所以你后来说去外地见网友，其实是去见她的？我问。

李大年点点头。她复读成绩不错，本来想考到北京来，但是家里不让。他说，最后就上了她那个省最好的一所大学。那些邮件她都留着，说时不时就拿出来看，还会感动得流眼泪。我一冲动，就说要去见她。

我真的去了，真的。他好像怕我不信，一字一句强调，她说她在学校门口等我，怕我认不出来，就拿着一本红色封面的书。我到了她学校门口，但不敢直接去认她，就假装是这个学校的人，从她面前经过。我发现，她比我想象得漂亮很多。

然后你就直接回来了？我睁大眼睛。这都什么逻辑啊！

李大年苦笑了一下。

你可能觉得我很傻。他说，但我真的是个没什么自信的人，当时我的第一反应就是，我配不上她。她长得好看，性格也好，读过很多书，可我什么都很普通，什么都不会，一无是处。我不想过去跟她打招呼的时候，看到她露出失望的表情。

可能就是命中注定不能在一起吧。他给自己找借口，要是当时的我是现在这样，也许就不是那个结果了……

总之我在校园里转了一圈，从另一个门出来，去了火车站。他说。

你先等等。我觉得哪里不对。你去了火车站……但你明明是三天后才回北京的。

李大年又笑。我在火车站附近找了家小宾馆，吃了三天泡面。他解释。

我看疯子一样看着他。

她一直在QQ上找我，李大年又说，我不敢回，没办法，干脆把她拉黑了。待足了三天，我才回学校，顺便给你们编了那个传销的故事。

我编得不错吧？他还有脸问我。

我也不知道说什么了。你活该挨打，我说，要换成是我，我能把你腿打折了。

李大年长出一口气。这一巴掌，就当我还债了。他说。

他又叹口气，拍了拍身旁的树干。咱们回去吧。他说着，抬脚要走。

我从后面叫住他。

李大年，我说，你喜欢她吗？

李大年站定。过了不知道多久，他转头看我，用力点点头。

那你去把她追回来呀！我又说。

李大年花了足足五分钟才领会到我的意思。你是不是失忆了？他问，我刚才不是说了，我觉得我——

配不上她。我点头，对，那会儿你那个烂泥糊不上墙，还满嘴扯淡的模样，是配不上她。

但你现在不是了。我继续说，能考到年级第一的人，不是一无是处。你自己也说，如果当时的你是现在这样，也许结果会不同。所以呢？她就在这里，你也在这里，你还变了，为什么不再试一次？

李大年皱起眉头：你说得简单……你刚才说，命中注定。

我打断他，你知道什么是命中注定？就是你觉得彻底结束的时候，她却出现在你面前。

你以为她会失望，我继续说，你问过她的想法吗？

你知道什么是命中注定？
就是你觉得彻底结束的时候，她却出现在你面前。

李大年不说话，良久，他喃喃道：算了吧，她明天就走了。

你怎么知道？我问。

她跟她朋友说话的时候，我听到的。李大年说。

那更说明你还有机会啊！我一下觉得兴奋起来，明天是吧？那你明天就去找她。

我并不知道她住哪儿、几点的火车……李大年表示为难。

这个交给我。我说，你现在就一个任务。

什么任务？李大年问。

想想明天见了她，你该说什么。我看着他，说。

第二天，因为堵车，我们到十几公里外那个地方的时候，已经过了九点。

地方是我打听出来的。既然那个“叶小絮”的朋友我认识，这事儿其实很简单。唯一的代价就是一大包零食，以及我要请那个女生全宿舍的人吃一顿饭。

明明是李大年惹出来的幺蛾子，凭什么让我破费？！

唉，不计较了。

反正我很快弄明白了，叶小絮和那个女生是高中同学，关系一直不错，但她羞于跟别人说李大年的事情，所以那个女生也不知道。叶小絮这次来是为了庆祝这个女生毕业，顺便玩儿两天，今天中午坐火车回家。她还要见别的朋友，于是酒店订在一个中间的位置。

你们可早点儿去啊，认识的那个女生和我说，小絮办事比较严谨，十一点半的火车，她肯定九点就出发了。

让李大年加油！她还给我一个意味深长的微笑。

但我估计李大年要让她失望了。车一停我们就从出租车里冲下来，站在酒店门口东张西望，半个叶小絮都没看见。

又等了十分钟，也没见有人从酒店出来。

完蛋了，我一泄气，靠着一盏路灯坐下。你完蛋了李大年，我说，你一生的幸福结束了。

李大年没回应。我刚想踹他一脚，问他是不是哭了，就看到他傻站在原地，直愣愣地望着前方，眼神里掺杂着好几种不同的感情，有惊喜，也有迟疑。

我顺着他的目光一看，叶小絮正拖着一个拉杆箱，快步走过来。

她走的是另一个方向，看样子是要去路边打车。李大年还站着，不动也不说话，眼看叶小絮就要走到路口。

你喊她啊！我低声说。

小、小絮……李大年嘴唇哆嗦着，忽然放声大喊，小絮！

叶小絮明显停了一下。她往这边看一眼，转身就走。

小絮！李大年急了，开始往她的方向飞奔，一边跑一边喊，小絮！是我错了！你等等我！

我转过身，遮住脸，假装不认识这俩人。

“你滚！”我听到小絮喊。

李大年还在往那边跑。“是我当时没想明白，我现在懂了！我浑蛋！”

“我后悔了！再给我一次机会，我和以前不一样了！”

“让我重新追你吧！”

苍天啊，来道雷，把这个矫情的人劈死吧。

苍天没听到我的祈求。李大年继续喊。

“真的，让我重新追你！”他说，“我们就见过一次面，我不知道的事还很多，我也不能说我认识你……”

“但我从四年前就喜欢你了！”

“扑通”一声，我以为叶小絮捡了块石头砸李大年，扭头一看，发现是李大年跑得太快，整个人摔了个狗啃泥。他手撑着地，疼得龇牙咧嘴，爬都爬不起来。

片刻的寂静。接着，叶小絮突然扔掉了拉杆箱，冲着李大年跑过去。

后来？后来的事儿我都懒得说了，反正一个月后，李大年开始频繁地使用各种社交软件，成了一个人人喊打的、秀恩爱的浑蛋。

照片的男主角是他，女主角是叶小絮。

他工作很顺利，实习结束，直接进了那家公司。等了一年，叶小絮也从大学毕

她一直都是唯一一个。

业，还是拉着那个拉杆箱。她来了北京，和李大年一起北漂。

再后来？这么不要脸的故事，有什么好“再后来”的。

两年后，我到城西去见一个客户，见完已经是傍晚，看着堵成粥一样的西三环，我决定不回办公室了。跟主管说了一声，直接在附近找个餐厅吃饭。

拣个座位坐下，点了份面。面上来了，正准备吃，忽然听到身后那桌有人说话。

“你能点个别的菜吗？老吃那几样，不腻呀？”一个女声，有点儿熟悉。

“说明我重感情啊。从一而终，跟对你一样。”一个男声，非常熟悉。

我猛地转过头。“李大年！”我喊。

李大年和叶小絮同时看过来，随即脸上都露出了惊喜的表情。

我当然也很惊喜，一方面是见到了熟人，另一方面——听那意思他们经常来这儿吃，他们怎么都该尽一下地主之谊，请我吃一顿饭才对呀！

于是我端着我的面直接坐了过去。

这时我才知道，他们俩都换了工作，从城北搬到城西，最近在计划买房子，买到之后就着手准备结婚。看着两个人相亲相爱的模样，我也觉得心里很舒坦。

难得见一次，李大年征得小絮的同意，叫了酒。我喝了两瓶，给小絮讲当初李大年扔篮球扔到别人情侣身上、被人追着打的故事，小絮笑得差点儿从椅子上翻下去。

你——李大年拿手指我，能不能说我点儿好的！

好的？可以啊。我一探身子，说，大年同学，还聊QQ吗？

QQ……聊什么QQ啊！现在都聊微信，大年马上换了一脸得意的表情，你是不知道，那每天找我聊天的人真的是——

小絮咳嗽一声，一手托腮，侧头看着他，那眼神儿，意味深长。

大年傻呵呵笑。没有没有，我开玩笑呢，媳妇儿。他说，我就跟你一个人聊，就跟你一个人聊。

小絮笑笑，低头吃饭。

大年这次没撒谎。我见过他的微信，整个列表空空荡荡，绝大多数窗口聊完就删，屈指可数的通讯录联系人里，只有小絮可以占用一个列表名额，作为置顶的那一位，一打开就能看到。

就像以前一样。

六年时间，一开始她是唯一一个给他留言的，后来她是唯一一个占了他一个QQ分组的，现在她是唯一一个，能在他微信里留下聊天记录的。

唯一一个。她一直都是。

她永远都是。

不经意的浪漫

文/午歌

“最美的不是下雨天，
而是和你躲过雨的屋檐……”

有段时间，我受邀为一部青春爱情片做编剧。电影一立项，导演便安排我到大学里去采风，说是采风，主要目的是想收集一些发生在学生情侣间的“浪漫桥段”，比如如何轰轰烈烈地去表白，如何扎扎实实地制造浪漫？

“收段子大会”就安排在学校门口的一个咖啡馆里，导演特意预订了一个大包厢：环境优雅、空间独立，无疑是聊八卦、秀恩爱、交流撩妹撩汉技巧的绝佳场所。与会的同学中，有不少是牵手而来、卿卿我我的情侣。待大家坐定，我做了简短而激情的动员工作，便铺开笔记本电脑，等着同学们畅所欲言。

“来嘛，大家不要太羞涩啊！讲一讲你们当年是如何制造浪漫的表白的？比如说在宿舍楼下弹琴，单腿跪地求婚，摆蜡烛送玫瑰什么的，越浪漫越好啊！”

我猛喝了一大口拿铁，双手搓得起劲。

可是，场面却忽然冷静了下来，同学们面面相觑，谁也不先开口。

“看来收购八卦段子这种事不能搞批发啊！大家还是忒腼腆……”我暗想着，为了缓和气氛，我不得不降低问题的段位：

“不妨随意说点什么，比如你们是怎么认识的，有什么让你们印象深刻的小事？”

包厢里一阵骚动，同学们的眼波瞬间柔媚起来。我心中一阵激动，正巴望着谁先打开话匣子，却恍然发现原来是服务员端上了果盘。

1 大雨

大宇是个很有韧劲的男生。他喜欢一个女生很久，却从来都是远远地欣赏。

她去学校的图书馆里借书，他就从书架上随意抽出一本书，坐在她身后两排远的地方，铺开那本厚厚的小说，一个下午，思绪里的她转啊转。阳光偶尔穿过她乌黑的长发，斜斜地铺在他前排的书桌上，时光晶莹发亮，像一枚果冻似的将他俩凝结了。一个下午，大宇只翻了三页小说。她离开去还书，他也快步追出去，迎面站在她走出来的台阶上，假装和她在黄昏里擦肩而过。末了，他把书塞进书包，下一个晶莹发亮的下午，还是翻三页。

“最美的不是下雨天，而是和你躲过雨的屋檐……”大宇哼唱周天王的歌，转念想：“要是有一天下雨，她没带伞该有多好。”

有很长一段时间，等待大雨变成了大宇的主题。可大雨到来的那一天，一点也不美。

大二那年的夏天，乌云走得很急。人们还来不及躲避，雨点便“啪啪”地砸下来。她仓促地起身还书，他照例抱着小说冲了出去。可雨太大了，他没办法站在台阶上，于是他又跑回了图书馆。

“要是哪一天下雨，
她没带伞该有多好。”

“同学，这本书你超期很久了，要交5块钱。”

“老师，下次可以吗？今天忘记带钱包了。”

忘了是哪里来的勇气，他冲了过去。

“给你。”

“啊——不用，我让宿舍的同学来送吧。”

“雨太大啦，你先拿着，真的没关系！”

屋外，暴雨下得正结实，似乎老天爷有意要成全他。

“那我们加个微信吧！”她说。

“怦怦怦”大宇的心狂跳起来，他没有怀疑自己的耳朵，这是真的！

他们痴痴地站在屋檐下，大宇却觉得全身都要湿透了。就像歌词里唱的一样，他想，这一定是他一生最浪漫的时刻。

2 银杏林

阿月和阿辉是高中同学。高考完之后，他们心照不宣地问了对方填报的志愿。

“太好了，以后都在北京。”阿月笑了。

她放下了女生的矜持，拉着其他同学一起，主动到阿辉家里玩。阿辉的父母招待了他们，那晚他们还饮了酒。阿月捏着鼻子，跟阿辉一起参观了他家的鸡舍。

末了，同学们走出鸡舍，三三两两地坐在鸡舍旁边的西瓜田里晒月亮。

阿月和阿辉坐在了一起，月亮肉嘟嘟的，像汤团似的很好吃的样子。夏风微起，瓜田里肥大的叶子忽闪着：呼啦——呼啦，像会呼吸的翡翠，让人分不清是坐在夜色里，还是坐在墨绿色的海底。

阿月觉得阿辉似乎在叫自己的名字，又或者那是一首诗的名字。她听到阿辉自言自语似的说着：

“月光白得很，
没有哪个生命
配得上这样纯的夜色
打开窗帘
天地正在眼前交接白银……”

阿月觉得阿辉身上有一种迷离的美，她差点把心头的小秘密说出来。可话到嘴边，却变成了云淡风轻的一句：

“真美——”

高考成绩下来了，阿辉并没有被理想的学校录取。

阿月去了北京，孤独的时候，总忍不住想起阿辉，她想在信里袒露心声，可又怕让复读的他有压力。她只写：

“我们学校北边有一片很大的银杏树林，深秋的时候金灿灿的，很多同学在树下走来走去，美极了。我常独自坐在这里，坐在北京的秋天里。阿辉，加油！”

一年后，阿辉考上了和阿月同样的学校。

九月，银杏林还绿着，师姐阿月和阿辉推着自行车走在约定的地方。

“走吧，去餐厅吃饭。”阿辉说。

秋风吹起，银杏树哗哗直响。叶子摇摆着，像数千只翠绿的蝴蝶齐刷刷挥动着翅膀。阿月坐在阿辉的车座后，喃喃自语似的说：

其实坐在他的车座后，他说的每句话都浪漫。

“树林好美，可不知道什么时候才能黄啊？”

话一出口，她又觉得分外的不吉利，心里正尴尬着，却听到阿辉转过头，用浑厚有力的声音，缓缓说道：

“可是我们不会黄。”

阿月心头一热，伸手攥住阿辉雪白的衣角。

“其实坐在他的车座后，他说的每句话都浪漫。”阿月说。

3 烤串

“两个吃货的爱情能怎么样呢？就是搭伙在一起吃、吃、吃喽。”罗胖说。

罗胖是在学生会组织的郊游活动上认识小玉的。当时，同学们围在一起烧烤，小玉就坐在罗胖的左手边。一桌子人聊得正欢实，只有罗胖和小玉——扎实认真又默默无闻地一串接一串啃烧烤。

—— 泛着艳光的点滴缓缓落下，
像时光涌流的泪痕。

“一看就知道是同道中人，吃东西的样子真让人觉得幸福啊！”罗胖补充说，“我顿时就动了怜香惜玉的心！”

罗胖小心地把桌上的烤串往他俩身边挪。等姑娘吃上一阵，他又悄悄地将左手边的竹签子，移到自己的右手边。整个过程，罗胖做得低调隐秘，滴水不漏。以至于过了好一阵子，终于有同学发现罗胖面前的竹签子突兀地堆成了小山包，便跳出来奚落他。同学们哈哈大笑起来，罗胖一口承认全是自己消灭的。他偷瞥了一眼小玉，那红扑扑的小脸蛋，像春天的胡萝卜、夏天的水蜜桃、秋天的小苹果、冬天的冰糖葫芦似的，招人待见，顿时他觉得心里美滋滋的。末了，罗胖顺利地要来了小玉的手机号。

漫不经心地聊了几天后，罗胖便主动发起攻势。开门见山的第一招，当然是“约烤串”。

“当你和她同时沉浸在食物美妙的滋味中——嗯，那才是恋人应该拥有的幸福。”罗胖接着说道，“不过人家压根没搭理我。”

难道是嫌弃我胖？不对啊，打电话的时候，聊得很开心啊。罗胖反复思量，最终得出结论：

一定是我操之过急了，单独和男生吃饭这种事，还是忒敏感，得慢慢培养。

罗胖重新布置了工作计划，第一步，先取得小玉的信任；第二步，争取一起上晚自习的机会；第三步，当然最开心的是一起吃吃吃喽。

很快，罗胖成了给小玉在自习室占座的护花使者，两人一起学习，一起离开，熬得太晚的时候，便搭伙去学校的小桥边整一套“双煎蛋夹里脊夹生菜”的皇家煎饼套餐。

罗胖瞅准时机，在某个月朗风清的夜里提议：

“不如一起去吃烤串吧？”

小玉点头同意。罗胖兴致高昂地把小摊上的韭菜、香菇、豆腐、茄子、鸡翅、长毛虾点了个遍，连生蚝和猪腰子这种冷僻的硬菜也各整了一份。

由于吃得太过痛快，当晚果然拉稀。

六趟之后，罗胖拉得天光大亮。他担心着小玉，打电话过去一问，人已经躺在校医院里打点滴了。

罗胖拖着虚弱的身子，呼哧呼哧地赶过去。问候了小玉，便撸起袖子对医生说，给我也来一针！

“她在低烧，你又没事？”

“不行，这事是因我起的，我得陪着她。医生，给我多来几瓶吧，我怕留后遗症。”罗胖说。

白色的病房里，罗胖和小玉并排躺着，肚子里翻江倒海，心里却异样的温暖踏实。他们侧过身，默默地注视着对方，不说话，也不眨眼睛，像生死与共的患难兄弟。

只有泛着艳光的点滴缓缓落下，像时光涌流的泪痕。

“从来没想过，和心爱的人一起吊盐水，是这么浪漫。”罗胖说。

4 表白神器

磊子喜欢他合唱团的师妹已经很久了。

作为一名骚柔的理工男，直到被派去美国做交换生，他都没有主动开口。

重新建立联系，是他到加州理工学院三个月后。师妹在微信上联系他：

“师兄，我准备带团参加学校的比赛，你能帮忙写首歌吗？”

“当然没问题！”

二十天后，歌写好了，他还“顺手”送了师妹一个福利。

“我给你的安卓手机，开发了一款钢琴APP，你试试看。”

“哇，师兄你好厉害，这里面的声音是你唱的吗？”

磊子狡黠地翘起唇角，这当然不是一款普通的钢琴APP。当你弹奏时，从高到低灌录的都是他自己的人声——“啊啊啊啊啊啊啊”，他唱得很准，可适配各种音高。

我愿意为你，我愿意为你，我愿意为你被放逐天际……

“你想到我的时候，可以弹弹看。”

在微信的另一端，磊子故意轻描淡写。光有人声还不算，他在APP里做了特殊的设计，当有人同时按下某两个键超过2秒时，手机便会震动起来，震动3秒后，手机将自动播放一段骚柔而浑厚的录音：

“师妹，我喜欢你很久了。可一直不敢开口……我知道你很忙，什么时候让我来做你的男朋友，让我来照顾你吧……”

这款钢琴APP无疑是一款表白神器。

想到师妹在将来的某一天，会在手机的震颤中，收到自己如此浪漫又出其不意的表白，她一定会泪流满面、情不自禁地打来越洋电话说：

“师兄，我愿意——做我的男朋友吧！

“我愿意为你，我愿意为你，我愿意为你被放逐天际……”

磊子暗自哼唱着，在大洋彼岸的午夜里咧开了唇角。

六个月过去了，磊子还是没能等来师妹的泪流满面。倒是有一天，他收到了师妹的一条微信：

“师兄，我打算换一个苹果手机了，你做的这个钢琴APP挺好用的，能不能再开发一款给我的新手机用？”

磊子并不懂苹果IOS系统，他又不甘心自己的表白神器就此被遗弃，一激动，厚着脸皮跟师妹说：

“有两个组合键，你长按一下试试看嘛！”说完，磊子躺在寝室松软的长沙发上，销魂地长舒了一口气。

5分钟、10分钟、15分钟过去了，迟迟没有电话，没有微信响起，房间里静极了，磊子觉得连呼吸声都变得很尴尬。

“这傻丫头该不会一冲动买机票飞美国来了吧？”

一个鲤鱼打挺，磊子蹿了起来，拨通了师妹的电话。

“师兄，你这么会撩妹，我跟你在一起真的很没有安全感啊……”

电话断了，“嘟嘟嘟”的忙音，让磊子觉得他躺在手术室里，正在接受心脏搭桥手术。

又过了大半年，磊子学成归来——反正窗户纸也戳破了，他索性黏在师妹身边，一波接一波地送上“自制蓝牙音响、远程遥控小彩灯、楼宇照明智能调配系统”等等高科技浪漫表白仪式，浪得他都黔驴技穷了，师妹还是没有点头答应。

那阵子，师妹因为搞合唱团的训练耽误了学习，便向磊子请教了一些专业课的问题。磊子扎扎实实地陪在师妹身边，耐心讲解，知无不言。每晚还成套成套地买煎饼和牛奶套餐给师妹送过去，吃得师妹宿舍的姐妹们都胖了一圈。

原来，这世上的浪漫不必轰轰烈烈，
也不用刻意而为，全然藏在不经意之间。

那年冬日，一下午的解题之后，磊子和师妹从图书馆前的小径缓缓走过。师妹没来由地说了一句：

“我觉得吧，现在的你，越来越像我心里男朋友的样子了，我们可以试一试。”

没有风，太阳光扎扎的，两个人走着，不说话就很好。

原来，这世上的浪漫不必轰轰烈烈，也不用刻意而为，全然藏在不经意之间，就像夏天倏然而至的大雨，冬日惊鸿一瞥的暖阳，就像聊天时忽然地欢笑，像心照不宣地相顾无言。它来得如此轻盈、如此畅快，又如此的匪夷所思。这个午后，我沉浸在这些朝气蓬勃的小鲜肉们美妙的人生体验中，这何尝不是一场不经意的浪漫。

“服务员，再来两个大果盘！”我挥着空空的白盘子说。

像我这样为爱痴狂

文/小岩井

“真正的爱里没有惧怕；
相反，赤诚的爱能让人热血沸腾，
创造奇迹。”

“真正的爱里没有惧怕；相反，赤诚的爱能让人热血沸腾，创造奇迹。”

1

乔文小学六年级的时候，随父亲去参加远房表姐的婚礼。

第一次见面的表姐夫热情洋溢地夸奖他：“小弟长得很结实啊，一表人才！现在在哪儿工作啊？”

时间凝滞了三秒，周围的亲戚们突然捧腹大笑，好不热闹。

乔爸尴尬地解释：“他还在读小学……长得是着急了点……呵呵。”

姐夫的嘴瞬间抿成了一朵菊花，盯着乔文那鬓毛旺盛的脸，一米七多的个子，壮硕的肌肉连连感叹：“不错，不错。”

“不错你个蛤蟆啊！”乔文在心里咆哮。

因为发育过快，长相老成，乔文在学校里经常会被低年级的学生喊“老师好”。一开始他还会解释一番，到后来就放弃了，淡淡地回“哦”。每逢周一规定穿校服的时候，走在路上总能受到各种微妙的关注。

“那个人是学生？壮得跟只大猩猩似的。”

“哇！这大猩猩还在读小学？这得留多少次级啊！”

“肯定是不良少年！”

“别说了，他往这边看了，看起来好凶啊！妈呀！”

“喊大猩猩的给我死出来！我捏死你信不！”乔文在心里仰天长啸，但最后只化作无奈的一声叹息。

虽然诸如此类的议论他已经见怪不怪，但每次心里还是会隐隐难受。

喊大猩猩的给我死出来！
我捏死你信不！

当时电视上老在放《名侦探柯南》，当那句熟悉的开场白——“他外表看似小孩，头脑却如大人般聪明，他的名字叫名侦探柯南！”出现的时候，他都会忍不住感慨神伤。

“上天啊，你为什么让我以小学生的心灵承载一副成年人的躯体呢！”

2

早发育的乔文小朋友情感也早熟，早早就有了喜欢的人。

乔文初一那年，隔着窄窄一条小巷的对门搬进来一户人家。那天是周末清晨，熟睡的乔文被搬家的动静吵醒，睡眼惺忪中打开窗户——那是他第一次看到她。

那是个娇小的姑娘的背影，留着长长的马尾辫，目测可能是个小学生吧，穿得挺好看，橘色暖暖的毛衣，粉色的帆布鞋，背着一个大大的小熊模样的双肩包。

乔文觉得这个小学生的装束很舒服，忍不住想看看她的正面。

“转过来，转过来，转过来。”乔文躲在窗户后面，盯着小女孩的背影，像念咒语一样叨咕。

小女孩好像听到了他的声音，陡然转过了身。

看着对面二楼头发乱糟糟的大块头男生，捧着下巴跟个小孩子似的望向自己，小女孩“扑哧”一下笑开了花。只这轻柔一笑，却像一把飞刀扔向了他。

哎呀！乔文应声中刀，一下屏住了呼吸，只觉得头发根根荡漾。

这时小女孩又踮起脚尖，对着他挥手打招呼。

这一刹那，声音凭空消失了。

麻雀、人影、脚步、单车，一切场景都成了背景，无声静谧，遥远而模糊。

这一刹那，
声音凭空消失了。

只有光线从遥远的恒星穿越无数星辰洒在小姑娘的脸上，柔软和煦，叩响了他情窦初开的少年初心。

“好美啊。”乔文的脸“嗖”地通红，连忙向后倒在床上，手按着胸口，心脏扑通扑通地鼓动。

“什么情况。”他抓过被子，把自己埋在被窝里独自消化。

小女孩一看男生不见了，歪了歪脑袋，转身蹦蹦跶跶地帮父母搬东西去了。

3

再次见到女孩，是在第二天傍晚。热情的乔爸和女孩爸爸笑着坐在院子里寒暄，聊完还让对面一家来家里吃饭。

当乔文慢悠悠地从楼上穿着拖鞋挠着后背走下来时，看到小女孩正坐在客厅里乖巧地看电视。

“哎呀！”乔文立马像野猫见到人一般迅速地冲回了楼上。

当乔妈妈做好一桌好菜，大家都已坐上餐桌时，乔文的位置还空着。

“阿文怎么还不下来啊，叫了他半天了。这么不痛快！”乔爸抱怨，走到楼梯口大喊，“阿文，礼貌点，快点下来，晚上家里有客人。”

“哎，来了。我刚在上厕所。”

然后楼上下来了一个西装笔挺，头发笔挺，身姿笔挺，精精神神的年轻人……

乔爸看得目瞪口呆。

“哥们你谁啊……”

“你儿子啊！”

“你穿我西装干吗，还用了摩丝，这是要去找工作面试啊！”乔老爹一脸莫名其妙，又觉得好笑。

“这个……家里来客人嘛。我穿得正式点。”

“放你姥姥的屁！”乔爸终于忍不住大笑起来。

当乔文来到饭桌前，女孩一家都一脸诧异地看着他，心想怎么这人在家里穿得那么正式。

“乔哥，看你年纪不大，儿子都这么大了，结婚很早吧？”女孩爸爸笑问。

“哈哈哈，我儿子才十三岁啦，今年刚上初一，发育快，小学四年级就一米七了，看起来老相。”

“真的很老相，哈哈。”女孩爸爸也大笑起来。

“喂！那也不要说出来啊……”乔文在心里翻白眼。

“哦，还没介绍，这是我女儿，叫璎珞，姜璎珞。”女孩爸爸介绍道。

这画面怎么这么像相亲……

“叔叔阿姨好，弟弟你好。”说到弟弟的时候，璎珞浅浅地狡黠一笑，乔文看得心脏又是“扑通”一跳。

等等，弟弟？！

“弟弟？”乔家父母也是一愣。

“哈哈，刚好跟你们家的相反，我们家璎珞发育晚，今年都十五岁了，上初三了也才一米五出头，看起来小小的，跟个小学生一样。”

“老爸真是的，老说人小学生。”璎珞佯装不开心地嘟起嘴，看得乔文内心澎湃。

— 且这一喜欢，
就再也没改变过。

乔文看着姜家父母个子都很高，心里邪恶地闪过一秒“莫非不是亲生”的念头。

“当然肯定是亲生的，我们家的人都发育慢，我也是二十多岁才长高的，哈哈。”姜家老爸好像看出了乔文所想一般连忙解释道。

“那是，那是。发育晚好，发育早容易谈恋爱。”乔爸拍拍乔文的肩若有所指地说。

听到谈恋爱三个字，乔文耳根莫名地就红了。

这之后两家人越来越熟，也经常互相串门，一起打麻将。姜家老爸是做玉石生意的，经常出差四处跑；乔妈妈在附近开了一家小超市，每天开得很早，关得很晚；璎珞是那种人见人爱的小姑娘，长相甜美、乖巧懂事、聪慧好学，再加上一些女孩子的娇俏温柔，简直男女老少通杀，很快成了乔家父母嘴里常提起的“别人家的孩子”。这样的姑娘，乔文怎么不动心？

4

当别的小男孩还处于对女生有好感就老是欺负她的幼稚阶段，乔文已经领悟，喜欢一个人就要保护她，让她开心、让她笑。

且这一喜欢，就再也没改变过。

听璎珞说有社会上的小流氓总是在放学路上堵着她要交往，乔文第二天就将两块砖头放进了书包，一放学就冲到校门口，找到那个小流氓，叫到无人的空地拿出砖头说：“如果你再找姜璎珞，我就跟你拼命。今天，先让你看到我的决心。”

说完，就举起砖头“啪”地砸到自己脑袋上，顿时血流满面，看着触目惊心。

小流氓被吓了一跳，看着一脸剽悍的乔文讪讪道：“算你狠。但我们人多你打得过来吗？”

说着背后三个瘪三就凑了过来。

“哼。”乔文冷笑一声，又举起另一块砖头，掀开胸口狠命一砸，顿时胸口流出一摊鲜血。

“光脚的不怕穿鞋的，我不怕痛，扛都扛死你们！”乔文吼道。

这次对面真的怂了，吐了几口口水，灰溜溜走了，毕竟是欺软怕硬的胆小鬼。

乔文等他们走远了，捡起砖头“嘿嘿”笑起来：“傻帽，空心砖，加包猪血就把你们吓尿了。”

璎珞急匆匆找到他，看他一脸血吓得哭起来。乔文笑得更开心了，就是不解释。

“快点跟我去医院，你这样会死的。”小只的璎珞过来拉大块头的衣角，乔文只是“嘿嘿”傻笑。

“你不会被打傻了吧，阿文？快点包扎一下啊，好多血！”璎珞吓得手足无措。

“放心吧，他们不会再来找你了，让我赶跑啦！”乔文看着璎珞关心的样子好开心，好开心。

然后他脱下外套往头上擦，血一下就被擦干净了大半，头上一点伤没有。

“骗他们的啦，这都是假的。砖是空心砖，不疼的，血是猪血，放塑料包里粘在砖上的。你看，一点事儿没有嘿嘿。”乔文拍拍脑袋大笑。

“你个神经病，吓死我了！”璎珞一边笑，一边哭。拉着乔文的衣角，久久没有放开。

有一天早上，乔文推着自行车嚼着白煮蛋出门，看到璎珞在对门鼓捣着车链子。

“怎么了？”乔文走过去问。

“车链子好像掉了，我在检查。”璎珞已经一脸汗，看来费了不少工夫。

乔文一看手表，这还有一刻钟就要点名了，迟到可是要扣分，还要写检讨书的。从家去学校骑自行车起码十分钟，走路估计要半小时。

光脚的不怕穿鞋的，
我不怕痛，扛都扛死你们！

“对了，我可以载她啊！好机会！”乔文心中暗喜，一回头发现自己的是辆赛车，没有后座……

“你骑我的车吧。你先去上学，我最擅长修车了，交给我吧。”

“这样好吗？”璎珞擦着汗一看表，才发现快迟到了。

乔文一边把车座放低，一边拍拍胸：“相信我啦，no问题！”

“那……你迟到了怎么办？”璎珞还是不愿意。

“你是好学生，我是差生，我迟到没关系，老师都习惯了。我要是迟到你请我吃肯德基吧。”

“嗯……可是……”

“哎呀别磨蹭了，做人要干脆！快走快走！时间宝贵！”乔文将车推到璎珞面前，接过璎珞手里的工具鼓捣了起来。

璎珞看看他，抿了抿嘴，终于骑上车赶往学校。

那天乔文还是迟到了，等他修完车发现肯定来不及了，于是也就不急了，反而觉得肚子很饿。

于是他骑车到学校附近的面馆吃牛肉面，这时有个声音在后面问他：“你不用上课吗，还在这里悠闲地吃面？”

“关你屁事哦，肚子饿了就要吃饱嘛！迟到算什么。”乔文无所谓地回了一句，一转头，发现是校长。

于是早操结束的校长训话时间，成了乔文当着全校念检讨书的时间。他还故意念得普通话有些不标准，什么“不好一丝啦，拖全校后腿啦。”“没有一个学生的自嚼。深感羞贵！”惹得师生们一众大笑。只有姜璎珞，一边捂着嘴笑，一边流出了眼泪。

璎珞看看他，抿了抿嘴，
终于骑上车赶往学校。

5

中考结束后，姜璎珞考到了市重点，住在了学校。

新学期，每天早上醒来，乔文会打开窗，愣愣地看着对门发呆。

他总会想起姜璎珞收到录取通知书那天，偷偷对他说的话：“乔文，我在那里等你。如果你做得到，我愿意接受你的喜欢……在那之前，我不会再见你，答应我。”

说完，姜璎珞飞快地亲了乔文的脸颊，随即一脸绯红逃回了屋子。

“嗯……”乔文傻住了，不敢相信刚刚发生的一切……“一定会的，一定！”他的眼中冒出了神圣的光芒。

“老师，我努力一下，有没有可能进市重点啊？”乔文问班主任。

“嗯……理论上一切皆有可能。但你能不能先争取上课不睡觉？你又不是爱因斯坦！”老师咆哮。

“哦，那我以后晚上不玩游戏了。”乔文一脸认真地点头。

乔文把游戏机锁了起来，把漫画书都烧了，又把滑板和模型玩具全都送给了亲戚的小孩。

“完了完了，儿子你这是要出家了吗？有什么想不开的跟爸说，爸会努力的！”

晚饭的时候，乔爸一脸愁苦地拉着儿子的手，情深意切。

“不是啦，我只是想好好读书。”乔文淡淡地回道。

乔爸愣了三秒，喝了口酒，看了会儿天花板，又喝了口酒。

“你老爸我没喝多吧？”

“没有……”

“哈哈哈，你听到了吗，我儿子说要好好读书，哈哈哈。”乔爸拍着桌子狂笑起来，乔妈也在一旁捂着肚子笑。

“这一家子都有病吧……”乔文坐在笑声中，一脸窘样。

不过之后，乔文还真是焕然一新，变成了另一种意义的神经病。

他成了全校每天第一个到学校的人，每天的晚自修也都自觉待到最后才离开，一下课就追着老师问问题，问到下节课铃响为止。有时候老师上厕所都跟着，有次还跟着女老师到了女厕所……

那些成绩好的人可就惨了，乔文经常堵在路上，一脸凶神恶煞地问他们：

“快，把你们今天的笔记交出来！”

“你！把你学习的方法告诉我！”

“你的作文写这么好，都看了些什么书？写给我！”

“你的数学这么好，做的哪些习题集？给我抄下来！”

“这次考试考前三的都给我留下！我要跟你们讨教经验！”

大家都知道连社会上的流氓都不敢惹这家伙，只好硬着头皮配合。但乔文的好学，似乎没有上限。

年级第一的学霸有一天晚上去奶奶家吃饭，突然发现乔文坐在饭桌上和奶奶聊天。

“你在我奶奶家干吗？！”学霸把乔文拉出去怒问。

“据我多日调查，你每次月考前都会来奶奶家吃饭，这里面必有蹊跷，所以我想方设法跟你奶奶套近乎，也在月考前来你奶奶家吃饭，沾沾运气，嘿嘿。”

“你脑子有坑啊！”

还有一个精彩的故事，至今流传在这个学校里。

这样奋斗大半年后，某次月考前，乔文突然当着全班的面宣誓：

“这次我要考进班级前十名，考不进我就绕操场跑十圈！在场的所有人为证！”

又一次月考前，
大家都期待地看着乔文。

第一次没考进，他果然当着全班的面绕着操场跑到瘫倒在地。这言而有信的态度，让全班同学心悦诚服。

第二次考进后，第三次他又说："这次我考不进前三，我就穿条内裤跑三圈！"

众人欢呼雀跃！纷纷鼓舞学霸们努力争取让他裸奔。

裸奔那天，全校都轰动了，一大半同学都在操场上为他呐喊助威。

校长又好气又好笑地批判他，但念在他初心甚好，也不给什么惩罚，只是让他下次发誓的时候别再虐待自己。

乔文心领神会。

又一次月考前，大家都期待地看着乔文。

乔文"唰"地站起来，表情凝重地说："经过我爸同意，我决定，这次月考考不进年级前十，我就请全班吃肯德基，吃到饱为止！"

群情沸腾，万众欢呼！（那个时候，肯德基还是很高档的存在。）

每个同学都燃起了斗志，这么励志的一个代表在眼前，让人觉得学习这件事变得超级热血！

很不幸，那次考试乔文刚好年级第十，宣布成绩的那一刻，全班嘘声一片，捶胸顿足。连老师都忍不住打趣说，从来没见过考试排名会变成全班的赌博游戏，还这么积极向上。

此时的他，已经成了整个学校的传说。

终于，到了中考那一刻。乔文迟迟没有立誓，大家都迫不及待地等待着新的赌局。

一次早操结束后，乔文突然窜上主席台，拿出喇叭对着全校师生喊道：

“我，乔文，在此郑重宣誓！全校师生为证！”

整个学校都轰动了，班里的人带头鼓起了掌，其他人也受感染欢呼鼓掌，还有大叫乔文名字的，大叫“好帅！我爱你！”的，简直像演唱会现场。

教导主任连忙叫体育老师们去制止，校长一摆手，微笑说：“青春难得疯狂，看看他到底要说什么。”

乔文深吸了一口气，当着全校大声说：

“如果我考上市重点，我就用尽生命去追姜璎珞，追到死那一天，也要和她在一起！”

全场哗然，口哨声，嘘声，笑声，骂声，欢呼声，简直high成了嘉年华。

“太刺激了！”男生们说。

“太感人了！”女生们说。

“神经病啊！”老师们说。

“阿嚏——”不在现场的姜璎珞突然大打喷嚏……

不过这次校长绷不住了，给了他一个警告。乔文也无所谓，反正很快就要离开学校了，而关于他的故事，却将一届一届地流传下去，成为这个小镇中学的传说。

6

中考成绩发布的那一天，校长第一时间查了乔文的成绩。看到分数的那一刻，他笑了：“臭小子，真有你的。”在他的教学生涯中，这个学生令他永生难忘。

青春难得疯狂，
看看他到底要说什么。

几乎全校都在互相询问乔文考进了没有，当知道确定的消息时，每个人都在为他欢呼，为他的勇敢与努力，发自内心地祝贺。

那个暑假，乔文的家门口每天都有络绎不绝前来道贺的陌生人，还有不少来朝圣取经的学弟学妹，更有一些老师请他去给班里的学生做演讲。

然而大家最期待的，还是看到姜璎珞，以及他们两个是否能够在一起。

此时的璎珞已经慢慢长高，长成了娇俏少女，亭亭玉立。她在学校也不乏爱慕者，写情书的，直接告白的，不曾断过。

然而最初那两次笑着的眼泪，早已夺走了她的心。

乔文已经早早地等在了她家门口，斜倚在墙上，摊开手中的录取通知书，一脸灿烂地展示给璎珞看，满脸你快表扬我的表情。

“我已经说到做到咯，也不知某人说的话，还算不算数呢。”

璎珞抿紧了嘴，脸颊绯红，两只食指互相绕着圈圈，看着乔文。

笑意盈盈，娇柔无限。

“嗯，算数。”璎珞轻轻说。

乔文拍着胸脯跟个大猩猩一样大叫：“成功啦！万岁！”

“万岁——万岁——”突然，巷子一端传来巨大的欢呼声，一大群围观群众从巷口涌入，还有不少人带着相机，闪光灯“咔嚓咔嚓”地响起。无意经过的路人还在询问是不是有明星在拍戏。

有人带头喊：“在一起！”大家齐齐对着两人喊：“在一起，在一起，在一起！”

姜璎珞吓了一跳，看着乔文：“你个大猩猩，这么快就有花果山了。”

“是啊是啊，哈哈哈。”乔文只是傻笑，他已经开心得不知道说啥了。

而两个人的手，早已紧紧地握在了一起。

7

十二年后。

小镇学校的大礼堂里举办了一场盛大的婚礼，乔文那一届的老校长、老师、同学，甚至很多校友都前来参加，见证了这段校园爱情的美好结局。

十二年后。

其实人生真的很短暂，
真正能折腾的时间也就那么几年。

婚礼的新娘与新郎，自然是我们成熟的乔文与娇俏的璎珞。

二十七岁的乔文长到了将近一米九，留着有型的青皮胡，两眼炯炯有神，散发着男人魅力。

二十九岁的璎珞依然犹如少女，娇柔可人、眉眼纯净，嘴角始终微微扬起，透露着幸福。

有情人终成眷属，这些曾经的见证人相信了爱情的神奇。

校长笑着对在座的师生发言：“事实证明，其实早恋也可以很美好啊！学生要谈恋爱没问题，但是一定要找个有担当的，你说那些一见到老师就把女生的手甩开的，要来有什么用！”

大家笑成一团，纷纷称是。

婚礼上，大家起哄让新郎新娘发言，传授爱情秘籍与感悟。

新娘笑着说：“要追自己喜欢的人，关键还是要男生主动啊，女生一旦为你又哭又笑，就是真的把你放进心里了。一定要勇敢忠于自己的内心，勇敢的人很有魅力。”

新郎很认真地说：“其实人生真的很短暂，真正能折腾的时间也就那么几年。当你爱一个人的时候你就应该说出来，当你有机会争取的时候就要全力去爱。生命不会给你读档重来的机会，一切的意义都只在它发生的那一刻。不要等。不要在以后讲这个故事。你自己就可以写最美的故事。”

众人掌声雷动，其中老校长鼓得最激动，看来也是有故事的人。

新婚洞房夜，乔文已经因为喝得太多提前呼呼睡去。璎珞依偎在乔文的肩上，轻轻反扣乔文厚厚的手掌，紧紧相牵。

“没想到这个年代，还能有我们这样第一次牵手就一直到结婚的爱情……”

侧头看着这个男人孩子般的睡相，她笑着感慨：

“想不到我人见人爱的姜璎珞，最后会跟一只大猩猩牵在一起，再也不想分开了。”

说完嫣然一笑，只觉世间再无别的声音。

说完嫣然一笑，
只觉世间再无别的声音。

一个陌生男人的来信

文/绒绒

1

马路对面的那间已经空了许久的杂货铺子，在经过一阵嘈杂的装修后，搬来了一个年轻男人。这条两旁老商铺林立的街道并不宽，隔街望过去，阿梁可以清楚地看见，男人穿了一件浅色牛仔衬衫，可能是刚刚洗过头发，柔顺的短发被吹立，走起路来在风中摇摆出好看的弧度。

几位热情的老街坊已经立到男人的店里大声地与他交谈起来。阿梁不用去细听，一定是些“往后邻里间多些关照”一类的客套话。自己半年前刚刚搬来的时候，这样的话也听了许多。

还有一些街坊，一边忙着自己的买卖，一边得空往男人店里看两眼，目光迫切而热辣。的确，这条日渐寂寞的街已经很久没有来过这样值得一看的年轻男人了。

和您一别有一段日子了，
这段日子您过得舒心吗？

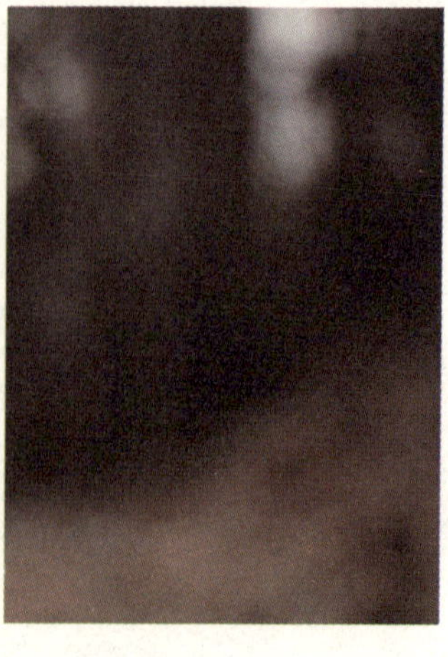

阿梁抬头望了一眼天，有些阴，远方的黑云滚滚而来，好像马上就要下雨了。她把窗前的两盆雏菊搬回屋里。里面还有两桌客人，一桌是一对母女，母亲百无聊赖地翻着一本杂志，女孩盯着习题本上的一道题，眉头紧锁，脸都被憋红了。另一桌是一个男孩，他的桌前摆放着一大杯牛奶，还有一个深棕色的牛皮纸信封。

男孩每周都会来。

第一次来的时候，大概是半年前。阿梁刚刚搬来这条街，他给她送来了第一封信，是一封字体遒劲的男人的来信。第二封信距离第一封有半个月的时间，随后的每个周末阿梁都会在男孩的手中收到一封相同字迹的信。算上今天这一封，已经是第二十四封了。

她还记得第一封信的内容：

展信平安

和您一别有一段日子了，这段日子您过得舒心吗？

我一定烧糊涂了，像您这样善良的人，会在所有人的祝福和庇佑下生活得很幸福。最近我都在生病，咳得厉害的时候全身都会颤抖。

曾经我最讨厌疾病缠身，我觉得它像恶魔一样侵蚀我的健康和灵魂。

可是现在，我忽然有些喜欢生病。因为在我病得严重的时候，我总是能清晰地看到您的脸，就好像当初那样恬静美好。您曾经对我说过，让我一定振作起来，我会听您的话。

期待重逢的那一天。

信的最后，没有落款，也没有来信地址。阿梁读至“您曾经对我说过”的时候，她收到信时的疑惑甚至小小的兴奋像一条终于被吹起的丝带。色彩绚丽的丝带尽情地舞着……忽而一下风停了，丝带飘落下来。她终于知道，这一封来自陌生男人的信，显然是属于另外一个人的。可她仍旧十分认真地把信读了一回又一回。她想从这样一封简短的信中捕捉一丝信息，她想这封饱含深情的信应该由本该读到它的人来读。

她始终也没有问小信差，这封信是由哪来往哪去的。她说不出话，3岁的时候一场大病过后她就完全失声了。她把每一封信读了又读，认真地叠起来，平整地放在屉子的最下面。

那个稚嫩的小信差，坐在她的店里喝了一大杯温热的牛奶，喝完的时候鼻子上、嘴巴上，整张脸上好像都沾满了牛奶。

如果说阿梁的世界是悄无声息的，那一定是错的。她能听见别人的笑声与哭声，能深深地触摸到别人的欢愉和痛苦。但是她无法尽情表达她的迷茫和惶恐、软弱和无助，她所有的情绪，都化作白纸上的一个墨点，化作夜深人静时湖面一处虫鸟惊起的涟漪。

2

男孩喝完牛奶就离开了。

没过多久，大雨倾盆而降。屋内的母亲合上杂志，到窗口望了望天，小声埋怨起来。桌前的女孩依然为那道解不出的题憋得面红耳赤。

阿梁看了一眼被她救回来的两盆雏菊，有些庆幸。

街道对面，刚搬来的年轻男人对大雨颇感兴趣。他敞开着门，双手插着口袋立在门口，脚下的帆布鞋被急促的雨水打湿。他嘴里叼着一根烟，试图用打火机点着，雨很大，他点了几下，没有点着。

阿梁在对面静静地看着，她在心里默念：一、二、三、四……一共四下。她笑了，立在一旁的女孩的母亲看见阿梁嘴角轻轻向上扬了一下。

捕捉到这个安静笑容的，还有对面的男人。这个笑容令他收起烟和打火机，双手挡在头上快速穿过街道冲进阿梁的店里。

一、二、三、四……
一共四下。

门口的铃铛发出清脆的声音，女孩轻轻拍了一下桌子，眼角眉梢流露出遮掩不住的愉悦，她一定是解出了那道足足折磨她一个钟头的难题。

阿梁在男人跑过来的几秒钟之内就隐藏好了自己的惊讶，她轻轻朝男人点点头。男人也向她点点头，拨弄掉浮在身上、头上的雨水，迅速向墙上看了一眼，说：给我一杯温牛奶。

阿梁转身在墙上拿下来一条毛巾递给他，在空中做了一个擦头发的动作。男人先是一愣，随后把毛巾搭在头上擦拭起来。

阿梁故意把牛奶加热了一些。

男人在接牛奶的时候自我介绍说：我是对面刚搬来的。犹豫了一秒钟后，他向外指了指街对面看不出经营什么业务的店铺，它有着咖啡色调的装饰和复古的风格。

我叫苏建生，他又说。这一回他向四周张望了一下，从桌上拿起一张纸和一支笔，工工整整写下了自己的名字：苏建生。

阿梁冲着他微笑，在苏建生的名字下面写了一排小字：

苏建生，欢迎你。这杯牛奶我请客——阿梁。

苏建生，欢迎你。
这杯牛奶我请客——阿梁。

雨一直下。中途雨势变小的时候，屋内的母亲把伞整个罩到了女孩的头上冲出店门。阿梁担心地看着她们，母亲一手撑伞，一手把女孩的书包紧抱在胸前，迅速从视野中消失。

这条老街是由一块一块青砖铺成的，年岁太久的缘故，每场大雨都会多敲出一块松动的砖石，人踩在上面，溅出一摊水。刚刚苏建生跑过来的时候，阿梁看着他浅色的裤脚被浑浊的泥水染成了灰黑色。

整个下午，阿梁门口的铃铛声没有再响起。30平方米见方的小店铺里，她能听见苏建生均匀的呼吸声，牛奶顺着他的喉咙轻轻滑进胃里。他随意翻阅饮品单的声音，还有窗外的雨点狠狠砸击青砖的声音，一切声音都能让阿梁有一种真实的安全感。

阿梁有些感谢苏建生的到来，安静的人也许是最怕静的。

过了一会儿，苏建生慢慢合上饮品目录，转头对阿梁说：下次能请我喝温牛奶吗？这杯有点热。

3

小信差第二次光顾的时候，阿梁收到了第二封信。

深棕色的信封里，装着一张米黄色的信纸。这一回信上只有短短的几行字：

展信平安

我反复思考过，那句“您曾经对我说过”实在不应该出现在如此严肃的信中。我无意伤害您，请原谅我的冒失与幼稚。

信中字迹有些潦草，最后几个字笔触轻轻划到纸上，歪歪扭扭，像是一个十分疲惫的人在临睡前书写出来的。同样没有落款与地址。

阿梁轻轻张开了嘴巴，这至少是一个了解她的人，才会知道在说完那几个字之后，小心翼翼地表达歉意。

这一封更为简短的来信让阿梁陷入了深思。她悄悄地潜回记忆中，仔细搜索着曾经相识的面孔。但是阿梁的尝试很快以失败告终——这些跳进她回忆的面孔，实在太多了。

在搬来老街前，阿梁做了八年护工。

她自己也数不清曾经陪护过的人，也许几十，也许上百。有刚刚遭遇车祸的中年男人，有暮年寂寞、丧失了独立生活能力的老妇，也有因为意外同她一样再也发不出声音的青年人。

大雨过后，天空放了晴。

第二天一早人们慵懒地打着呵欠，从各自的房间里走出来。脖子上挂着毛巾、性格热情的中年男人大发，年纪很小却已经在这里卖了十年榴梿酥的小满，还有每日不停地责怪客人太刁钻、待客人一走就拼命数钱的董懂。

阿梁推开窗子，一大片白云像她的街坊们一样悠闲地沿着一条狭窄的湛蓝色天空缓缓前行。前天的一场秋雨过后，天气越发凉快了，阿梁在棉布衬衫上加了一层薄薄的针织外套。

阿梁把小雏菊摆放到门口，一旁的董懂好像又要无休止地念叨起来。

一年前，老街的对面竖起了一座新的大厦。前几日大厦正式开业，长相漂亮的男男女女都被吸引了去，原本热闹的老街一下子变得寂寥许多。

董懂用脚狠狠地在青石砖上踩了一脚，几摊污水气急败坏地钻出来，蹦得老远。

小满急忙躲开身，埋怨着他：如果有一天这里没人了，就在那栋大楼里开一间卖榴梿酥的铺子。

董懂呛声说：你卖一年的榴梿酥还不够人家一个月的房租。

小满还要争辩，大发用一把扫帚清理着街道上的积水：我在这里住了大半辈子，你们谁爱走谁走，反正我不走！

阿梁没有参与这每日都会上演的闹剧。她抬起头，日上三竿风露消，客人们的脚步声渐渐紧些的时候，这争吵就会变成一片忙碌中略带欢愉的嘈杂。董懂满脸堆

会好的，
老街会好的。

笑，冲着每位客人把腰弯成四十五度角；小满因为烤箱里的榴梿酥供不上客人，快要急哭了；大发抽空擦着汗水在街边喊：会好的，老街会好的。

日头渐渐西落，人群也渐渐稀疏，有人从铺子里先钻出一个头，然后是一条腿，随之整个身子都跳出来，老街又变回原来的样子。

不管这条街上的天空有多狭窄，午后的阳光是不是浓密，大家都要出来闲谈几句。总有人提拉着眼角，声音很尖，说她看见一个女人在面馆里吃了三大碗牛肉面。她真怕肥肉从她的脸上、身上倾泻下来。整个谈话被这种埋怨声所渲染，人们互相插科打诨，斥责声夹杂着笑声，顺着窄街一路扶摇直上，蹿到天上去。

白云也不愿意离开，安静地停在老街上头，堂而皇之地偷听着人们的喜怒与悲欢。

几天以后，苏建生的咖啡色店铺最终挂上了“不发声音像店”的牌子。人们眯着眼向上看，发出有些疑虑的声音：是个卖碟片的铺子呢！

往后的日子里，每当人们轻揉着惺忪的睡眼，踏着不成形的步子迈出各自的店铺，准备开始一天的营生时，都会听见从“不发声”店铺里传出悠扬而舒缓的乐曲来。

阿梁在这样的声音里，捧出她的两盆小雏菊，不经意地望见对面一身浅色牛仔衣的苏建生，他在街对面的铺子口，一脸十分得意的表情。他抬起胳臂向铺子里指了指，阿梁立刻领会了这个动作的意味。

她点点头，在心里默念：好听。

4

盛夏的时候，阿梁收到了来自陌生男人的第七封信：

展信平安

时间过得真快，这已经是我与您第七次通信了。人们常常抱怨时光的飞逝，您曾经告诉我，我应该为有这样的感觉而庆幸，因为只有感觉不幸的人，才觉得一分一秒都是煎熬。

我怀着既庆幸又煎熬的心情思念着您。时间在我们之间悄然溜走，它走得很快，我想抓住它不放；它又走得很慢，不知道下一次见面又相隔多少个夏天？

阿梁抚平信纸，瞬间在过往八年的时空中捕捉到一张青春的、总是显得有些焦虑的脸。她终于猜到了这位来信的陌生男人。他甚至不能被称作男人。

三年前阿梁与他初次见面的时候，他只是个十五岁的小男孩，人们都叫他小井。小井因为一场车祸在医院躺了整整一年。从病床上下来以后，小井被宣告后半生都会和轮椅以及一根插在身体里的管子为伴。

阿梁是小井家人请来的第四任护工，之前的三任都被小井赶走了。他发疯一样地辱骂、打闹，甚至剪掉身上的管子，肮脏的液体从管子里喷出来，溅到小井的腿上和地板上，令人作呕的气味逼疯了身边的每一个人。

阿梁是第一个没有疯的人。

阿梁安静地倾听着周遭的每一种声响。小井的焦躁、小井的疯狂、小井的暴戾和绝望，在这种包容中渐渐趋于平和。阿梁照顾了小井一年，小井的家人带他去国外治病，他们便断了联系。

离别前一天，小井躲在轮椅里，整个身子蜷缩成一团。他对阿梁说：时间真快，一年像是一个月、一天、一分、一秒。

阿梁发不出声音，她在小井漂洋过海的背包里塞了一封信：人们常常抱怨时光的飞逝，但是我们应该为有这样的感觉而庆幸，因为只有感觉不幸的人，才觉得一分一秒都是煎熬。

到了十月，外面的秋风更加清冽起来。阿梁趴在窗子上往外看，她看到头顶的天空好像更狭窄了一些。在那一条窄窄的天空里，云朵好像静止住，同午后屋檐上正睡懒觉的猫一样，久久地待在上头不动，如同一幅画。

时间真快，一年像是一个月、一天、一分、一秒。

下午三点的时候，门口的铃铛发出清脆而笃定的撞击声，苏建生带着一身萧瑟的秋意从街对面跑过来。他每天这个时候都会来点一杯温热的牛奶。

不是冷的，也不是热的，是一杯温度恰好的牛奶。

他低头翻一本过期的杂志，或者摆弄着手机，时而泛出亮光的屏幕会逗得他阵阵发笑。偶尔，他抬起头与阿梁四目相对，他突然发问：阿梁，“思念”怎么表达?

阿梁一愣，好半天过后，用右手食指由近及远在耳边比出一连串的圆圈。苏建生也学着阿梁做同样的动作。

从老街中零星穿过几个人，多半是脖子上挂着笨重相机的游客。他们有人会停下脚步走进阿梁的店里喝一杯牛奶，或是驻足在小满的店铺前买一只榴梿酥。偶尔，也会有人被“不发声音像店”里传出的曲子吸引住，钻进店铺里戴上耳机静静地听上几分钟，而有人则听得更久。

阿梁喜欢“不发声”的每一曲，她常常听得出神，有时不记得在奶茶里加了一勺牛奶还是两勺，有时把找给客人的钱再次装回抽屉。

在声与影的交错里，那间声音浑厚而真实的咖啡色的铺子，已经不知不觉走进阿梁心里，它渐渐与房檐上的猫，与天空中的云融汇到一起，渲染出一幅生动的画。

一幅生动而完整的画。

5

自从苏建生搬进老街，每次来都讨杯温牛奶的小信差就再也没出现过。阿梁回想起小信差的瘦小面庞，喝牛奶的时候整张脸都被杯子罩住。前几次，他喝完牛奶总是拔腿就跑，像是生怕阿梁会收他的牛奶钱。后来一次他试探性地、缓缓走出店铺，在玻璃门的光影上，他隐隐看见阿梁在凝视他的背影发笑，那温暖而平静的笑容最终打动了他，或者说是挽留住了他。他害羞地挠起头皮，立在他头顶上的短发像小草一样被压倒一片，紧接着又重新站立起来。

再后来，他们达成了某种默契。她把信留下，认真地默念每一个字，他端坐在桌前，认真地品尝每一滴牛奶。

阿梁有一种强烈的感觉，他可能再也不会来了。想到这里，心中竟然有些悲伤。

到了深秋，落叶飘零，铺满青石砖的街道被枯黄的叶子点缀成一张泛黄的旧照片。老街的生意没有因为如此美妙的景象而变得更热闹。

书里说，时光带给你一些，也会带走一些。该来的人多远都会赶来，不该来的人永远也不会出现。

终于有一天，老街里来了一些身穿制服的不速之客，人们为此乌泱乌泱地聚集在一起。阿梁分不清这些人到底是店主还是游客，有人大声地争吵，有人小声议论，最后整个人群开始躁动，连周围的空气都变得格外不安分。

人们吵得很凶。

阿梁第一次觉得老街的人发起脾气来蛮可怕的。曾经斗嘴打诨的人们迅速组成一支颇具战斗力的队伍，每一个人都涨红了脸，目露凶光。

但是她很快发现自己的判断是错的。人们从队伍中一个一个走出来，低着头、哈着腰，先是小满哭着出来，接着是董懂，连大发也出来了。最后，整支队伍败北了。与人群相反的方向，苏建生一个人坐在铺子里，皱着眉头，一支接一支地抽烟。

穿制服的人告诉老街的人，也许这条老街要拆了。

看，它终将变成那样的高楼大厦，在城市中发着耀眼的光。穿制服的人说这些话的时候，神色中满是期待与兴奋。好像它马上就要变成大楼了，把整片土地踩在脚下。

只是老街的人都懂，不论男女，不论老少，大家都明白同一个道理，旧的东西也许不够好，可一旦失去，就永远都找不回来了。

旧的东西也许不够好，
可一旦失去，就永远都找不回来了。

夕阳黄昏，属于老街的天空还是只有狭窄一条，或许更窄了。在人们忧伤而低沉的哀叹声中，飘出来一首舒缓柔软的乐曲。它从那间看似古老的咖啡色的铺子里舞动着流出来，流到空气里，钻到人们略带疲惫的心头，慢慢浸入专属于老街的这一刻。

阿梁从店铺里走出来，屋子里还煮着一锅牛奶。洁白的奶泡在锅里不断翻滚，发出“嘟嘟”的声音。她从门口捧起一盆雏菊，放到“不发声”的门口。阿梁轻轻扣了一下玻璃门，迅速转身跑回自己的店铺，那里还有一锅心潮澎湃的牛奶。

苏建生从咖啡色的屋子里走出来，把花盆捧到手里，伸出另外一只手，四指握拳，拇指轻轻向前点了几下。

6

在阿梁的屉子的最底部，安安静静地躺着来自小井的二十四封信，阿梁可以轻易地回想起每一封信的内容。

第一封信，她以为是错的。寄信人与收信人，以及喝光牛奶就逃跑的小男孩，这样的组合一定是错的。

第三封信，这封来自一个陌生男人的信，让她开始期待。

第七封信，她猜到了小井的身份。

第十封信，小井的笔迹松散，有几片字模糊起来，像是被液体打湿过，不知道是不是哭了。

第十八封信，小井的信中只有歪歪扭扭的一行字：好想摸摸你的脸。

第二十封信，小井把信换成了打印出来的字。

阿梁时常会打开抽屉抚摸那些信，有几次她差点就铺开信纸回写一封给小井，把她曾经的疑惑、不解、兴奋与牵挂全部告诉他，但是她又怕小井失望，对于他的爱，她无法给出任何回应。

老街的人们开始聚在一起商量对策。

大发喝多了酒，不知道是酒话还是真心话，他说他愿意为守护老街洒尽他的鲜血。人们被吓了一跳，随后立刻被大发的热情所感染，男人撸起袖子，女人涨红脸，信誓旦旦地互相鼓吹着各自的防线。

于是在有些吵闹的温湿的夜晚，老街的上空被星星划出一道光明。那其实是一道星河，星星汇聚的地方，自然比别处更亮一些。

后来，人们担心的事情没有发生。

老街被当地保留了下来，下了大雨会漏水的屋檐，以及会踩出一片污水的青砖石，都被当成一种城市的印记。这座城市将来会建成钢筋森林，城市的灯火把夜晚照得和白天一样明亮，但是总应有一处柔软的地方，它古朴而醇厚，黑得让人睁不开眼，却也让你贪恋得直搓心窝。

得到这个消息的那一天，老街很早打了烊，门口挂着一把铁锁的“不发声音像店”里依稀有声音飘出来。

人们围坐在阿梁的铺子里，滚烫的牛奶被晾成恰到好处的温度。阿梁和大家一样，捧着牛奶贪婪地吮吸着这份真实的安全感。

有人嘲讽大发，终究是没见到他血流成河的一幕。大发把腿踢得老高，板凳摩擦着地板，发出刺耳的声音。小满捂着耳朵跑出去拿回一盘刚刚出炉的榴梿酥。人们的嬉笑声穿过墙壁，穿过黑夜，飘飘荡荡飞向高处，惊扰了已经熟睡的夜。

阿梁的铺子从来没有如此喧闹过。她抬头看了一眼挂在墙上的钟，夜里十点，每天的这个时候，她已经关了店门，把围裙上的带子反复缠绕在腰间两圈，就连扫地的时候也尽量用力地扬起扫把，用抹布把牛奶杯擦了一遍又一遍。

所有的一切活动停止了，夜和生命一同静下来。

过了没多久，在这一天，信差消失的一个月后，阿梁收到了第二十五封信。

所有的一切活动停止，
夜和生命一同静下来。

信是苏建生送来的：

展信平安

当您看到这封信的时候，我已经到了另外一个世界

与您通信的半年，是我生命中最幸福的时光

请不要怀念我，请忘记我

您一定要幸福

落款是，小井。

7

阿梁记得她在为一个年长的老妇人做护工的时候，她告诉过自己：活在活着的人的心里，就是没有死去。

当然，也许这不是老妇人说的，也许是她从电影里或者书中看到，觉得十分有道理，就时常拿出来洗涤自己与别人的灵魂。

后来老妇人走了，走得很安详。每天都会陪在她身边的孩子们没有哭，他们说：她一直活在我们的心里。

苏建生带阿梁去小井的墓前祭拜。

阿梁带去了小井写给她的二十五封信。

苏建生带去了阿梁给小井回的二十四封信——苏建生代替阿梁回复小井的二十四封信。

一年前，小井从国外就医回来后，病情并没有明显好转。

苏建生成了小井的护工。

后来小井鼓足勇气给他一直惦念的阿梁写下了第一封信，但是他没有勇气把自己的名字写在上面。在随后半个月的沉寂中，小井开始焦躁，每天都在不安中期许。

苏建生模仿着阿梁留在小井背包中字条的笔迹，给他回了一封。

这一回，便是半年。

半年的时间，苏建生有的时候是阿梁，有的时候是小井。他在给小井写回信的时候是阿梁，他在不知不觉中对阿梁有所眷恋的时候，他终于变成了小井。

后来小井病重，住进了医院，苏建生带着他和小井的情感，搬进了老街，他们想要把人世间最好听的声音带去给他们深深爱慕的那一个女孩。

墓碑上的小井，笑得很安详。阿梁没有哭，活在活着的人的心里，就是没有死去。

阿梁记得第十八封信，小井在信中说：好想摸摸你的脸。她转过身，轻轻拉起苏建生的手放到自己的脸上。

初冬的季节，墓地里竟然刮起了暖风。

雪花不知道在哪一刻起，迎风飞舞着、旋转着，迈着欢愉的舞步悠然而下。它们成片成朵落到脸上，化成水，浸到人心里。

有一点清冷，有一点温暖。

活在活着的人的心里，
就是没有死去。

有些记忆抹不去

文/罗艺尘

留在时光的记忆里，
失忆也难以彻底删除。

有些人，就像夹在书页里的机票，偶然翻到，便回想起人生中的某一段旅程；所有爱，拥有过，失去过，得到过，不曾得到过，都会在脑中存盘，留在时光的记忆里，失忆也难以彻底删除。

1

自由搏击的擂台上，选手激战正酣。身材精壮的裁判，在他们之间灵活地腾挪躲闪，像一条泥鳅，在两只殊死搏杀的鳄鱼中来回穿梭。

满场观众，口哨声、尖叫声、呐喊声四起。

周琰被对手重拳击中头部时，脑中一阵轰鸣，感觉耳鼓膜都震碎了。与此同时，身体失控，趔趄着退向擂台一侧。后退的短短几秒钟时间，他的头部又遭到连续击打。对手出拳迅猛，不给他一丝喘息、缓冲的时机。

周琰眩晕欲呕，抵挡徒劳。

所谓拳打三分，脚踢七分。对手见他招架不住，凶狠地踢出一记飞身侧踹腿——这曾是李小龙的经典武技腿法，姿势极其酷炫，又有雷霆万钧之力。

对手赢得满堂喝彩，周琰则像一麻袋沉重的土豆，重重摔在擂台上。

病房灯光惨白，病床上面容憔悴的病人大多在输液，木然地盯着吊瓶里缓缓滴下的药液，时而呻吟两声。面无表情的护士，推着放满各类药品的推车，按床号依次给病人发药。

周琰苏醒过来，闻到一股强烈的消毒液味。

他不记得自己为何躺在这里。脑海中，一幕幕场景闪过——擂台、对手、裁判、重拳、飞腿、喧嚣的人群……

这些场景，都是极短的片段，稍纵即逝。

周琰感觉脑袋轻浮又肿胀，像一个充满大量氢气的气球，顷刻就要爆炸。

他想喊，只觉咽喉干涩、刺痛。

他猛吼一嗓，犹如虎啸，护士和病人吓得一哆嗦。

思念是地狱，是沼泽，层层陷落，越陷越深。

这历程的终点，
是离心离德，永不言欢。

“据目前情况看，他应该是暂时性失忆。”主治医师办公室里，一个戴眼镜的中年男医生，对着X光片，给周琰的女友乔嫚讲解。

“暂时性？”乔嫚不解。

“简单地说，就是大脑受到剧烈碰撞，造成脑积血，血块压住部分记忆神经，导致失忆。”中年男医生说，“手术后一般能恢复记忆。”

“手术有危险吗？”乔嫚追问。

“理论上，任何手术都有风险。”中年男医生接着说，“不过，别太担心，这种手术的危险性不大。”

2

周琰看到乔嫚的第一眼，如同看见一头张牙舞爪的怪兽。

他蜷缩在棉被里，躲无可躲，惊悚地尖叫：“走开，你走开！”

乔嫚没退后，反近一步：“我是乔嫚，你看看我。”

周琰用被子蒙住头，使劲摇晃。

昔日孔武有力的猛男，变成了一只胆怯、敏感的小猫。

探望周琰的人很多，家人、队友、教练和朋友。

所有人，周琰都不记得了。

他失去的不是部分记忆，是大量记忆。

唯一能记起的，是自己在一个地方被人击倒。那是一个陌生的地方，景象模糊，似梦似幻。

一周后，手术。周琰脑部的积血已清理干净，静养一个周期，便能恢复记忆。

一个月过去，周琰依然没有恢复记忆。

医生再次给他做了全面检查，确定他身体已没有任何问题。暂时性失忆还有一种症状，叫心因性失忆症。通俗地说，就是身心崩溃。诱发的原因是心理压力过大。

心病比外伤难愈，不是一台手术就能解决问题的。

更严重的是，若不能及时恢复记忆，将造成永久性失忆。换句话说，人的脑盘如电脑硬盘，存放了大量资料和信息，永久性失忆，就是将所有资料和信息彻底删除，再也找不回来。

医生说，周琰需要一个人——他曾经最亲近、最信任的人，帮他恢复记忆。恢复的过程，犹如滚雪球，越滚越大，只要恢复一点记忆，就能慢慢恢复所有记忆。

周琰的母亲想到了一个人——周琰的前任女友沈彤彤。

3

沈彤彤曾赌咒发誓，今生今世不见周琰。

恋爱男女，千姿百态。有的人，与前任分手，总幻想在某个不经意的时候，在曾经一起牵手走过的街头偶然相遇；有的人，则唯恐避之不及，再不想与前任有任何瓜葛，他们像避瘟神一样，躲开与过去有关的一切。

或许，你会认为，前者仍对前任有所眷恋，后者则对前任切齿痛恨。

事实并非如此。沈彤彤属于后者，但她对周琰是眷恋的。只是这眷恋，深深藏在心底。

和周琰分手后，她失去了两个朋友，一个是周琰，一个是闺蜜乔嫚。

男友勾搭女友闺蜜这类破事，有些滥俗。

沈彤彤没想到，只能在小说或影视剧里看到的事情，会发生在自己身上，但它就是发生了。

她思来想去，找不到答案——周琰怎么就看上乔嫚了？

只能说，男人对女友的闺蜜，有一种特殊的好奇感。

好奇便想探寻，探寻暗含游戏心态。男人，很多时候是孩子。

乔嫚也是那种迷恋游戏的女孩，她喜欢各种游戏，最喜欢的一款是植物大战僵尸。在无尽生存模式中，她可以排出几十种匪夷所思的阵形，抵御疯狂进攻的僵尸。

一般玩家，打到四十关，便举步维艰、首尾难顾。乔嫚能打到一百二十关。

可面对周琰游戏般的探寻，她全无抵抗力，轻易地沦陷了。

那天，他们三人相约去看电影。途中，乔嫚发现隐形眼镜忘在了宿舍，要回去取。

从影院到地段医院，有一截蜿蜒黑暗的路，据说常有歹徒抢劫。

“周琰，你陪乔嫚去一趟。”沈彤彤一副命令的语气。

作为朋友，这是一个很大方的举动。

乔嫚冲周琰勾勾手指：“跟姐私奔。”转脸，又冲沈彤彤笑。

“你敢。”沈彤彤也笑。

那截蜿蜒的路，昏黑无光。周琰与乔嫚牵手前行。

黑暗中，有太多不可预知的东西。会让人期待发生一点事情，又害怕发生一点事情，如观恐怖片。

到了宿舍，空无一人，乔嫚四处翻弄。

黑暗中，有太多不可预知的东西。

周琰上前抱住乔嫚。

乔嫚如坠梦中，越想挣脱，越无力挣脱。

4

最初的一段日子，乔嫚在愧疚与渴望中挣扎。

愧疚是清晰的，尤其在面对沈彤彤时，愧疚感更为强烈。

渴望是模糊的，她想和周琰在一起，又怕和周琰在一起。她并不清楚，自己究竟想要什么？

他们第一次见面，周琰穿了件几乎爆胸的紧身衬衣，下面一条灰白牛仔裤，清爽健硕。乔嫚特别中意。至少，这男人的外在，极符合自己的择偶标准。

周琰仿佛对自己也颇有好感，他挺喜欢和她逗乐。熟识后，偶尔开几句沾腥带荤的玩笑。

无论玩笑，还是现实，乔嫚从来都没想过从沈彤彤手里夺走周琰。

那晚之后，她和周琰维持了一段隐秘关系。他们在周琰独居的公寓里，享受片刻的欢愉，然后匆匆分开。

每次离开周琰后，她便开始思念。

思念是地狱，是沼泽，层层陷落，越陷越深，缓缓坠入无底深渊，湮没于无尽黑暗。

隐秘关系始于游戏，终于游戏。

周琰在卫生间洗澡，手机响了一下，是腾讯游戏的推送信息，沈彤彤顺手翻阅，翻来翻去——看到了周琰与乔嫚的QQ聊天记录，几十页，不忍卒读。

在一起三年，周琰从没对自己说过如此奔放的话。

沈彤彤震惊且悲愤。

周琰用毛巾擦着湿漉漉的头，从卫生间走出来，看到沈彤彤呆坐在沙发上，脸色发白，嘴唇乌青，目光如锥。

隐秘关系始于游戏，
终于游戏。

5

手机显示屏上，闪烁着乔嫚的名字。

沈彤彤挂断。

从闺蜜变为情敌，是女人和女人之间最不堪的心路历程。这历程的终点，是离心离德，永不言欢。

俄顷，电话又响，不到黄河不死心地响，不见棺材不落泪地响。

终于，沈彤彤接起来听。

在电话里，乔嫚向沈彤彤转达周琰母亲的恳求。

沈彤彤没说答应，也没说不答应。

以自己对沈彤彤的了解，乔嫚断定，沈彤彤会来探望周琰。

一个多月以来，周琰见谁都胆寒，战战兢兢，神魂不定，像个刚从绑匪手里营救出来的人质。唯独见到沈彤彤，瞬间松弛了，安稳了。

沈彤彤问："记得我吗？"

周琰脸上绽放出孩子般的笑容，笑得那么天真无邪。

"我是谁？"沈彤彤又问。

"亲爱的。"周琰嬉笑。

沈彤彤忽觉利箭穿心。

一个月前，他们在闹市区的麦当劳餐厅门口分手。

沈彤彤说："送我回医院吧，最后一次。"

周琰冷漠摇头："我浑身一股人渣味儿，别熏着你。"

说完，转身走掉。

那一刻，沈彤彤发下狠誓，老死不与周琰相见。

眼下，这个无情的"劈腿男"，却口口声声呼唤"亲爱的"。

甜蜜如糖时，他们如此互称。最终的结局，如许多恋人一般，从"亲爱的"变成"陌生的"，甚或变成"可恶的""可恨的"。

6

"劈腿"一词，典出《金瓶梅》。西门庆与别的女人乱搞，潘金莲数落其"劈腿"惯了。如今，用来形容感情出轨，脚踏两只船或多只船。

沈彤彤是查度娘，方知其含义。

她很反感这个词，她自认是个"三观"极正的人，她绝不会"劈腿"，也无法容忍对方"劈腿"。

事与愿违，周琰恰恰就"劈腿"了。

"劈腿"之后，在搏击擂台赛中，被对手打成重伤。这是上天对一个"劈腿者"的惩罚吗？也是"劈腿者"罪有应得的吗？

作为恋人，被对方无情"劈腿"，大多满腹悲愤，恨不得用发芽的土豆、长黑斑的红薯、腐烂的生姜，炖上一锅靓汤，让对方喝下中毒身亡。

然而，当对方真突遇不测，被甩一方十有八九会心软。过去的已过去，又无滔天仇恨，他或她再不好，彼此也有过一段曾经。那些曾经，或美妙，或清新，或狼狈，或窘迫，或缱绻，或伤怀，细细碎碎，点点滴滴，无论短暂或长久，皆是相恋积累。

沈彤彤做了一个匪夷所思的决定——拾掇过往的碎片。

夜凉如水，风从遥远的地方来，灌进公寓卧室。

沈彤彤睡不着，自与周琰分手，她便长久失眠。一开始，难以入睡；后来，入睡就入梦，梦境纷乱压抑；再后来，睡睡醒醒，醒来就再无法入眠，瞪眼到黎明。

她曾发誓，哪怕焚化成灰，也绝不与周琰共枕眠。

而现在，她将失忆的周琰从医院接回公寓，躺在他身边。

周琰睡得很安详，很香甜。

细细碎碎，
点点滴滴。

清晨，沈彤彤轻手轻脚起床，走出卧室，走进厨房，拉开冰箱，拿出一盒冻得硬邦邦的冰块。

她从盒子里抠出一块冰块，顺着周琰睡衣领口丢进去。冰块从前胸滑到小腹，周琰浑身一机灵。紧接着，沈彤彤又丢进一块。周琰惊醒，腾地坐了起来。

“醒了？”沈彤彤面带笑意，温存地看着周琰。

“我在做梦？”周琰茫然地张望四周。

“不是梦。”沈彤彤说，“以前，我叫你起床，你不起，我就往你身上丢冰块。”

周琰咧嘴一笑。

远郊旱冰场，冷清空旷，生意萧条。

几对脚蹬五彩轱辘鞋的男女，牵手在场中转圈滑动，或摇摇晃晃，或高速驰行。

周琰擅长搏击，也擅长滑冰。他技术精湛，引领沈彤彤在冰场中舞蹈般飞奔，颇有御风长啸之感。

他们滑了两个小时，天色渐晚。沈彤彤说：“我累了，我们回去吧。”

“怎么回去？”周琰问。

“那天，你的车丢了。”沈彤彤说，“记得吗？”

周琰挠头，努力回忆：“好像就是，就是丢了，那——我们怎么回去的？”

“那天，我们走了好长一段路。”沈彤彤说，“沿途拦车都不停，后来我腿痛得走不动了，你就背我走，一直背到有灯光的地方。”

“上来。”周琰弓身蹲下，“我背你。”

夜风中，周琰一路小跑。

沈彤彤拍周琰的肩：“别跑这么快，那天你走得慢。”

周琰放缓脚步，恍惚道：“我好像真的这样背过你。”

“那你还记得，对我说过什么吗？”沈彤彤问。

周琰摇头。

“你说，你身体比我壮，我老了，走不动了，你就——”

"那天，你背着我走，
一直背到有灯光的地方。"

“就怎样？”周琰追问。

“你就这样背着我。”沈彤彤说，“背着我去这里，去那里……”

“哈哈。”周琰大笑出声，“我没这么肉麻吧？”

回到公寓，在小区停车场。沈彤彤指着一辆红色的奇瑞轿车，对周琰说：“你的车。”

“不是丢了吗？”周琰在车前车后转悠，仔细打量。

“又找回来了。”沈彤彤说，“保险公司不给赔，我们都绝望了，心想舍财免灾，后来警察居然给找到了。”

“我开车技术怎么样？”周琰摩拳擦掌，跃跃欲试。

“很棒。”沈彤彤说，“可医生不让你开车。”

“真想试试。”周琰说。

“不行。”沈彤彤打开汽车后备厢，里面放着一大堆花花绿绿塑料包装的零食。

“这么多吃的？”周琰问，“你买的？”

“你的后备厢是个魔术袋。”沈彤彤说，“以前，你总是在里面放很多零食。你说，那是给我的‘贴心小零食’。”

“以后，我还给你买。”周琰显得很兴奋。

“你会吗？”

“当然。”周琰斩钉截铁道。

沈彤彤蹲在地上，哭了。

7

几个月来，沈彤彤始终和周琰在一起，寸步不离。

周琰如孩子般依恋沈彤彤。沈彤彤一不在，他就有些慌张和不安。

这些日子，他忆起好多片段，那些片段，像童年时翻看的连环画，画面犹存，情节模糊；又如散落的珠子，找不到一根线将它们连贯。

像梦中去往不知名的远方，路经无数站点，
但始终靠在一个人的肩上。

晴朗的午后，他们坐上开往古镇的班车。

班车驶上高速公路，奔驰。沈彤彤靠在周琰的肩上昏睡，任什么都弄不醒的样子。像在梦中去往不知名的远方，路经无数站点，但始终靠在一个人的肩上。

两小时后，班车抵达古镇。

古镇楼宇、亭台、酒馆、店铺，均是仿造而成。

沈彤彤和周琰在古镇蜿蜒的小街兜了一圈，前往渡口，乘船抵达对岸的大佛禅院。

进院门，朱红墙波浪般滚滚连绵好似没有尽头。脚踩石梯而上，登至高处，豁然开朗，硕大圆形平台处有一殿堂，名为：罗汉堂。

“记得我们一起数罗汉吗？”沈彤彤问周琰。

周琰摇头。

他们携手走进罗汉堂，罗汉堂空间足有三楼高，人一进去就变得渺小。

数罗汉有讲究，左脚先跨进堂中，就从左边数；右脚先跨进去，就从右边数。

夸张的泥塑罗汉，横挑鼻子竖挑眼，瞧谁都是虫，怒其不争，笑其嗔痴。凡人无不陡生畏惧，步子也快了，一路按年岁默数，岁到即止。

沈彤彤在第二十五尊罗汉像前，驻足观望。

那尊罗汉名为欢喜尊者，只见他笑容可掬，须眉颀长，洁白如雪，垂至嘴角，像拂尘打了绺。

“这就是我。”沈彤彤歪头瞅周琰，“像吗？”

“笑起来像。”周琰说。

沈彤彤倒退几步，伫立在第二十三尊罗汉像前，对周琰说：“上次来数，我是这尊。”

周琰呆呆地观望第二十三尊罗汉。那尊罗汉，横眉立目，满面怒容，有些狰狞。

夕阳猩红，古镇河边的楼宇房舍，形成凹凸厚重的金色剪影。

沈彤彤和周琰住进一家旅社。

旅社倚山而建，山间有凉意，强烈而清新，穿鼻过肺，洗涤一腔污秽。

他们并排倚靠在床头，沈彤彤翻开一本相册，给周琰看。

怒其不争，笑其嗔痴。

相册里，存放着他们的合影，记录了三年的时光。

周琰一张张翻看，感叹："原来，我们去过那么多地方。"

沈彤彤从相册末页，抽出一张照片，递给周琰："你认识她吗？站在你右边的女孩儿。"

"不认识。"周琰摇头。

"仔细看看。"

"好像在病房里见过……"周琰看了又看，"她是谁？"

"她是乔嫚。"沈彤彤语气平静地说，"你先跟我好。后来，你认识了她，就跟她好了，就不要我了。"

"怎么可能？"

"你说她比我有味道。"沈彤彤逼视周琰，目光咄咄逼人，"你说她比我开放，比我妖娆，能让你尽兴。你叫她小妖精，她叫你大浑蛋，你说你就喜欢小妖精，你说妖精才是女人中的女人，没有男人不着迷……"

沈彤彤的声音越来越大，口气越来越凶，像发泄，像痛斥，像咒骂。

周琰惊惧地看着沈彤彤，心中万分恐慌。

狼毫雨下了一晨，把山的青色滤成淡青色，峰峦一层浓、一层浅，交叠拔升。山间仿佛有路，似细碎犬牙，蜿蜒其间。

沈彤彤赤足伫立窗前，眺望远山。

周琰从背后抱住沈彤彤。

"昨天你吓着我了。"周琰在沈彤彤耳边轻声说。

沈彤彤转过身，双手环绕周琰脖颈，吻了吻周琰嘴唇，说："我错了，亲爱的，我以后再不那样了。"

"我只喜欢你，不喜欢别人。"

"你离不开我，对吗？"

周琰拼命点头。

"你会离开的。"沈彤彤避开周琰的目光，怅然道，"当你什么都想起来的那一天。”

“不会，不会。”周琰把沈彤彤抱得更紧，“我发誓。”

沈彤彤捂住周琰的嘴，问：“想娶我吗？”

“想。”周琰哑着嗓子说。

8

自从沈彤彤将周琰接回公寓，乔嫚就没去探望过周琰，也没给沈彤彤打过电话。

周琰失忆，不识众人，唯独与沈彤彤“一见如故”。心底里，他其实从未割舍掉她吧？

乔嫚不愿再想下去。她忽然想逃离，逃到一个没有人的地方，陌生的地方，大醉一场，痛哭一场。

可惜，思念无处可逃。

得知周琰与沈彤彤结婚的消息，乔嫚给周琰打了个电话。

思念无处可逃。

她不指望周琰会接听，她只是忍不住想打。她告诉自己，也许，这将是最后一次。

电话里，传出周琰的声音："喂。"

有些人，倾诉千言万语，自己也无动于衷；有些人，只需发出一个声音，就让自己心神荡漾。

"乔嫚，"周琰在电话里问，"是你吗？"

"你记得我？"乔嫚惊异地叫。

"我在等你电话。"周琰口气平缓地说，"我想，你会打给我。"

乔嫚抖得不成样。

"我要见你。"周琰说，"到我们去过的那家酒吧。"

再次见到周琰，乔嫚说不出话。

喝完一杯酒，周琰说，告诉你一个秘密，我记起了过去的事情，所有的。但我不想让彤彤知道。

"恢复了？"乔嫚谛视着周琰的脸，将信将疑，"什么时候？"

周琰慢腾腾地说，我们去了第一次旅游的古镇。那天晚上，我很恐惧，很害怕，可能是恐惧导致肾上腺素激升。我彻夜失眠，居然回想起所有的事情。

如聆听神话一般，好半天，乔嫚呼出一口气，问："那你为什么要瞒她？"

"如果她知道，我恢复了记忆，就会离开。"

"你还爱她？"

"没有她，我现在就是个废人。"周琰垂下头，说，"我伤害过她，不想再离开她。"

"那我呢？"乔嫚连珠炮似的问，"你爱过我吗？为什么不瞒着我？为什么要告诉我？"

"我想说，我真的——喜欢过你。"周琰一字一句地说，"但不能和你在一起，我不想伤害她第二次。"

乔嫚上牙咬下唇，受冻般打冷战。

“忘了我吧。”周琰猛饮一口酒，说，“有句话说得好——人生不过百年，最后仍要分手，永世不见，我们不过提前了五分钟。”

“除非我像你一样失忆！”乔嫚蓦然爆发，泪水涌出眼眶，“你个浑蛋，王八蛋。你太狠了，不忍心伤她，来伤我。”

“别把这些告诉彤彤——”周琰近乎乞求般地说，“这是我们之间永远的秘密。”

时间一秒一秒过去，空气凝结成冰。

“我答应你。”沉默良久，乔嫚喃喃地说。

“谢谢。”周琰沉重回应。

“别谢我。”乔嫚冷冷看着周琰，“不是为你，是我对不起她……”

谁也不知道，乔嫚后来去了哪里。她从地段医院辞职，没跟任何人告别。有人说她去了南方，有人说她进了精神病院，有人说她嫁了个外国人。种种传言，都是八卦。

想起米兰·昆德拉的话：这是一个流行离开的世界，但是我们都不擅长告别。

周琰偶尔会想起乔嫚，在一些深夜，一段段场景在脑海里闪现，匆匆而过。

有些人，就像夹在书页里的机票，偶然翻到，便回想起人生中的某一段旅程；所有爱，拥有过，失去过，得到过，不曾得到过，都会在脑中存盘，留在时光的记忆里，失忆也难以彻底删除。

这是一个流行离开的世界，
但是我们都不擅长告别。

远在远方的远

文/这么远那么近

1

初到丽江的那天深夜，我就被酒吧里吵翻天的音乐给轰了出来。

我推开酒吧厚重的大门，将里面歌手嘶吼的呐喊声和鼓点的聒噪声挡在门内，因为多喝了几杯酒胃里一阵翻腾，弯下腰用手撑着膝盖，嘴里有一种酒精和胃酸的味道，干呕了几下又吐不出来。

心想，这哪儿是世外桃源丽江啊，这不就是北京三里屯乌泱乌泱的酒吧一条街吗？

正在心里暗自吐槽，身边一个轻轻的声音响起：你没事吧？

我抬眼望去，身旁不知何时站了一个姑娘，浓妆艳抹，穿着性感的连衣裙，胸口开得很低。我摆摆手，没事。

她从自己的小挎包里拿出一包纸巾递给我，擦擦汗吧，你看你，来玩儿还搞得挺落魄。说完自顾自抿嘴一笑。

酒托！我马上当机立断地做出反应，早就听说丽江有无数美女做酒托，专门找像我这种形单影只的男人下手，目的就是拉着你去一家酒吧，不停地劝说你喝酒消费，提成高得吓人。

我起身道了声谢谢就准备离开，她又说：一个人吗？我嗯了一声，问她，你也是？她微微一笑，不啊，我和几个姐们儿在这上班。

人生其实就是一场旅行，
我们无非上车下车。

我心里马上印证了自己的想法，准备离开，不能让她对我有下手的机会，这时她又说，不舒服就赶快回去吧，不然一会儿会更难受的。

这倒是微微有些出乎我的意料，她笑了一下就推门进去，音乐声马上又传进我耳朵里，又感觉有些想吐。

2

回到酒店躺在床上，我想起刚才在酒吧遇到的姑娘，心想这酒托也真有意思，原以为她会趁机拉着我去喝酒，我都想好了怎么拒绝，结果好似有些不识好人心。

第二天我一觉睡到了下午，起床洗漱后便在街上溜达，去了一家熟识的茶社，刚进门就听到有人说，这么巧啊。

我循声望去，在稍暗的那个角落里，坐着昨晚在酒吧认识的那个姑娘，我心里微微有些惊讶，但也不显山露水地打招呼，是啊，真巧。她招手让我坐到她身边，我坐下说，怎么，现在就你一个人吗？

她一挑眉，是啊，其他人还没醒呢。她顿了顿又说，你该试试这儿的桂花普洱，特别好喝。我每天都来。

茶社的老板娘热情地招呼我们喝茶，我和身边的姑娘有一搭没一搭地聊天。

她问我，你来丽江多久了？我说，第二天。
她问我，你是做什么工作的？我说，是广告狗。
她问我，你准备什么时候走？我说，待腻了就走。

她问我，你准备什么时候走？
我说，待腻了就走。

后来相顾无言许久，我打破了沉默。你呢？你来多久了？问完我就后悔了，想来她在酒吧工作，应该就生活在这里，我当时肯定是脑子进水了。

结果她咯咯一笑，我啊？我来俩月了。

结果我又忍不住问出一个让我后悔的问题，那你在酒吧是做什么工作的？她轻描淡写地说，酒托啊。

我真是啪啪啪自己打脸，绝对是脑子进水了。

3

直到把一壶茶喝到没有汤色也没有了味道，姑娘起身说，我准备去买个簪子，你要一起去吗？我鬼使神差地说，好啊。

我起身后她饶有兴致地看着我，我也愣愣地看着她，她没有了晚上的浓妆，现在显得眉清目秀，白净的脸上透着些许红色，头发顺滑地散在脑后，一身松垮垮的素色连衣裙，倒是更显得整个人捉摸不透，V形的领口这次在安全的位置，不知道喷了什么香水，有一股淡淡的栀子花味道。

许是盯着她看了许久，她笑着问我，喂，看什么呢？我马上把眼光收回，尴尬地摆摆手，哦，没什么。

她又笑了，你真有意思。她笑起来的声音真好听。

我陪她去买簪子，绕过一条又一条宽宽窄窄的巷子，有些巷子游客特别多，她告诉我那里开的店都是专门宰游客的，有些巷子稀稀拉拉没几个人，她说这里才能

她笑起来的声音真好听。

真的淘到老东西。

走到西市的拐角处，看到一家名为“遇见丽江”的饰品店，门旁趴着一条吐着舌头的金毛，窗户的玻璃上写着：遇见丽江，遇见你爱的姑娘。她指着这行字对我说，你瞧，多俗的广告语。

没等我回应，她便推门进去了。

一阵清脆的铃铛声，映入眼帘的是许多花花绿绿的饰品，我也不懂，就站在旁边看她趴在柜台上仔细挑选，这时我又偷偷从上到下好好打量着她。她穿着一双白色的运动鞋，白色的蕾丝袜，小腿修长，腿型笔直。挎着的小包是刚刚淘到的物件，有好看的花卉图案，胳膊上带着几只银镯子，手指细长，弯曲起来像是作法的手势，一时间我竟然看得入了神。

她把一只簪子戴在头上，扭过身问我，怎么样，好看吗？

我点点头，还行吧。

她问我，还行是好看还是不好看？我说，好看。

4

逛了大半个下午，我说要回酒店换衣服吃饭。

她摸摸肚子，哎呀，我也应该回去了，晚上我不上班，我们去火塘听歌好吗？我问，什么是火塘？她说，就是最原始的民谣酒吧，挺安静的，现在丽江没有几家了，你应该会喜欢。

约好时间地点，她潇洒地一摆手，拜拜。说完扭头就走了，没有回头。

我连忙回到酒店，匆匆吃了几口饭，然后洗澡吹头发换衣服，也不知道是为了什么，竟然有些期待今晚的见面，或许是独自旅行难得有个结伴而行的人，又或许是受到丽江这种暧昧气氛的挑拨，一时间竟然有些心猿意马。

到了约定的地点，她已经等在那里了，看到我走过来，她大力地挥手，哎，那个谁……这里！我抓紧几步走了过去，她扑哧一笑，我刚刚想喊你，都不知道你名字呢，你叫什么？

我说，叫我远近就好。她乐了，这是什么怪名字？我说，就是个网名。

她眨眨眼睛，这么神秘哦。我叫苏亚，你叫我小亚就行。我点点头，素雅，倒是挺适合你这身打扮的。她乐了，你这个人说话真有意思。

走进火塘，果然没让我失望，二三十个人围坐在一个大坑里，有一个歌手拿着吉他唱着自己的原创歌曲，大家安静地听，默默地喝酒，或者低下头三言两语地聊天，一切都显得那么刚刚好。

小亚也不说话，举着一听啤酒喝了一个多小时，微微闭上眼睛随着音乐摇头晃脑，我们挨着坐，特别近，她赤裸的胳膊紧紧贴着我的胳膊，我一时有些紧张，情不自禁地咽了咽口水，没想到这点小动作被她看在眼里。

嚯，你这是有些春心荡漾？我一听就脸红了，没有，我就是有点热。

她斜着眼睛看了看我，是吗？我重重地点点头。她轻声说，好吧。

5

从火塘出来，又是深夜了，时间已经过了凌晨1点。

我和她并排走在十字路上，她拎着挎包蹦蹦跳跳走在前面，抬起头用力呼吸着空气，然后转过身对我说，我还是最喜欢丽江的深夜，像它的样子，还有清晨，清晨也特别棒，你一定要看看。

想了想我问她，既然你喜欢安静，干吗去酒吧做酒托呢？

她说，因为要赚钱啊，不然我怎么租房子吃饭生活呢？酒托赚钱快，我还得攒去下一站的路费呢。

我问，下一站？你不是长期待在丽江吗？

她笑了，不是啊，我就是到处走到处留，到一个地儿就打工赚钱，然后再去下一个喜欢的地方。

我还是最喜欢丽江的深夜，像它的样子。

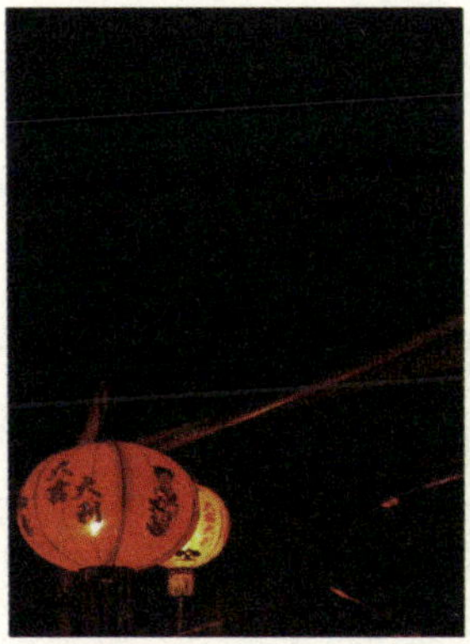

我问，那怎么在丽江待了这么久呢？

她说，因为喜欢啊。

我问，那什么时候离开？

她笑了，和你一样，待腻歪了就离开啦。

我们走在丽江的小河旁，河水潺潺，没有了白天热闹的景象，这时的丽江显得典雅又幽静，旁边民居高高的窗户上映出些许灯光，照在青石板路上，我和小亚慢慢地走，甚至可以称之为溜达，没有人经过，一切都美得那么让人心旷神怡。

路过一座小桥时，路面有些滑，我刚想伸手去拉她一把，但半伸出去的胳膊就僵硬在了那里，她一手扶着石墩小心地挪着脚步，挨着我走过了桥，我又把手抽了回来，想想真是有些窝囊。

我马上要到酒店了，告别时我说，你不是说清晨的丽江特别美吗？明天早晨一起早起，带我逛逛丽江的清晨？

小亚歪着头想了一下，如果我能起来的话，当然可以，不过别抱太大希望哦。

6

第二天我起了一个大早，拉开窗帘却沮丧地发现，竟然下雨了。

我一边慢吞吞地穿衣服洗漱一边想，小亚肯定不会来了，本来昨晚就睡得迟，今天又下雨，她自己也说不一定，让我别等，干脆我也继续睡觉好了。

可想归想，我还是抱着一丝希望冒着雨出去，刚走出去没多久，就看到小亚举着一把青色的伞朝我走来，看到我就气鼓鼓地说，你迟到了足足半小时。

我连忙道歉，对不起，对不起，我以为……她打断我的话，以为我不会来了？我沉默不语，她撇撇嘴，我才不是那种人。

我和她打着伞走在小巷里，雨稍稍大了些，她微微向我这里靠了靠，伞很小，我和她离得很近，近到甚至可以感觉到她的呼吸，但我依然没有勇气牵起她的手，心跳得很快，像是要从嗓子眼里冒出来。

良久，她对我说，雨太大了，我们找个地方避一会儿吧。

看到一个有屋檐的民居，我们小跑过去躲在下面，收起伞放在一边，小亚看着丝毫没有停歇的雨，微微有些懊恼地说，这么大的雨，看来今天的酒托生意不好做了。

我连忙说，我知道的，
我懂，你不是那样的人。

可是，她刚走第一天，
我就开始想她了。

我问她，丽江打工的机会这么多，干吗非要做酒托呢？你也知道丽江的酒托在外声誉都不好。

她说，酒托来钱最快，我得赶紧攒钱，最近半年光顾着挥霍了，而且……她回过头看着我认真地说，酒托和酒托是不一样的好吧？基本的良心和道德我还是有的。

我连忙说，我知道的，我懂，你不是那样的人。她微微骄傲地一抬头，那当然。

过了一会儿，她说，明天我要和几个姐妹去大理，估计要住上几天。我有些吃惊，要去几天呢？她耸耸肩，不好说，少则三四天，多则一个星期吧。

我几乎要脱口而出，我能和你去吗？忍了忍还是把这句话咽了下去，改成：那我还能见到你吗？她哈哈大笑，当然啦，我是去大理，又不是去刑场，没几天我就回来了。

说完，她像个男人一样拍拍我的肩膀，傻小子，别太想我哦！

7

可是，她刚走第一天，我就开始想她了，我觉得我真是病了，着了魔了。

我不是一个滥情的人，更没有过所谓的一夜情历史，对一见钟情什么的更是从不相信，怎么偏偏就对这个小亚有一点不一样呢？我反复地问自己到底哪里出了问题，我认真回忆着我们见面后的点点滴滴，却又找不出一点奇怪的蛛丝马迹。

可就是看似最最平常的邂逅和结伴，却成了我二十几年里最诡异的相遇。

过了七八天的某个傍晚，小亚在微信里喊我，远那个近，我回来啦！

我赶紧去茶社找她，她依然是一个人坐在那个角落里，头发长长的，散落在身后，遮住她的半边脸，显得那么恬静好看，听到脚步声她回头看到是我，露出一个甜甜的微笑，我必须承认，当时我的心跳肯定漏了一拍。

她拉着我的胳膊让我坐下，我走了这几天是不是特别想我？

我竟然老实地点点头，她满意地笑了笑，我也是。

我身子突然一下就抽紧了，老板娘坐在我们对面不怀好意地嘿嘿笑。我满脸通红，只顾喝茶，我们开始聊天，她和我说了许多事情。

她说自己是怎么厌倦了上海繁忙的工作和生活，带着积蓄开始到世界游走；她说在巴黎的广场喂鸽子，结果来抢食的太多，甚至还有一只直接叼破了她的手；她说去泰国的时候总有男人以为她是人妖，给她钱让她跳一曲；她说在柬埔寨看到了做服务生的小孩特别可爱，就给了有史以来最大的一笔小费；她说在大理的感觉不如丽江，感觉那里人情味实在是寡淡了一些。

她说得动听，我听得着迷，良久我感叹道，原来你去过那么多地方啊，真好，好羡慕。

她说，你也可以去啊。我一愣，我？我不行。她问，有什么不行呢？辞职了不就可以出发了吗？我说，哪有那么简单啊。她摇摇头，我都做了这事了，就是很简单。

我刚要反驳，她指着我说，明白了，你怂。

我只能翻个白眼，她突然猛地靠近我，吓了我一跳，身子本能地向后一缩，你要干吗？她盯着我的眼睛说，我做了一件事，我知道你是谁了。我狐疑地问，什么事？我是谁？

她神秘兮兮地说，我去百度你来着，我只是好奇，怎么会有人叫远近这么一个奇怪的名字，但真的让我百度出来了。

我真的被吓到半死，我以为我做的坏事都被你知道了呢。

这下勾起了她的欲望，你说啊你说啊，到底有什么坏事？

8

茶社要打烊了，我和她收拾好东西离开，这几天丽江一直都有雨，地上湿漉漉的，空气格外好，深夜的丽江像是刚刚出浴的少女，散发着一股诱人又美好的气息，像极了现在在我前面走着的小亚。

今天她穿着一条淡蓝色的亚麻长裙，地上有水，她就一只手轻捏起裙角，踮着脚慢慢地走，微微倾斜的身子形成好看的弧度，衬着路边的灯光，实在是美极了。

我不像你，
看起来好像什么都想要。

我想此时此景，任何一个人见了都会忍不住想冲过去抱紧她，告诉她说我来保护你吧。

今晚我们走得格外慢，感觉要把一步分成三步走，我满心都在想着要不要请她去我房间坐坐，什么都不用干，就继续喝酒聊天，但又想着大半夜邀请姑娘去陌生男人的房间太唐突。或者有更好的想法可以让我们相处的时间再久一点。

曾经在生活里叱咤风云的我，此时此刻像是一个初出茅庐的浑小子，满心满眼都写满了慌张。

许是小亚看出了我的心猿意马。她清了清嗓子对我说，其实你想去旅行，真的是有很简单的办法啊，就和我一样，想走就走了。

我点点头，但是没有人能像你这么洒脱，说放下就放下了。

她说，是啊，没几个人能真的放下，谁的心里都是一大堆的烦恼，我也有，只是我愿意回避一些就回避一些，我不像你，看起来好像什么都想要。

我心里微微有些吃惊，你怎么看出来的？

她看了我一眼，感觉吧。我说，哦。

两人好似各怀鬼胎。我们停留在岔路口，好像谁都没有办法说出那句再见。

小亚吸了一口气，说，明天我就要离开丽江了。

我掩饰不住自己的惊慌，你要走了？去哪里？去多久？还回来吗？突然，我意识到自己的失态，赶紧闭了嘴。

她没有介意，回答我说，继续往西边走，去西藏，估计去几个月吧，暂时不回丽江了。

我心里分外失望，那我不是以后就见不到你了？她微微笑了笑，我们不是之前加过微信吗？还是可以常联系的。我微微点点头。

又过了一会儿，她说，那……再见？

我冷不丁地说，再聊会儿。她一乐，我们已经在这里站了许久了，我都站累了。我哦了一声，接着她问，不然你去我那儿坐坐？我有很不错的梅子酒。

我顿了顿，暗暗下定决心，不了吧，你明天还要早起坐车，要早点休息。

她没有表情地哦了一声，然后对我说再见，转身就走，像极了第一次和我分别的样子，没有回头。

9

第二天小亚离开的时候我没有送她，醒来时已经是下午，小亚在微信里对我说再见，有缘再见，然后附上了一张我们的合影，照片里的我和她靠得很近，都笑得很开心，像是情侣一般，又像是兄妹、朋友、知己、亲人。

我心里丽江的美，就像是小亚一般，恬静的，安宁的，活泼的，素淡的，热烈

故事开始时我们脚步轻盈，
后来，却步履蹒跚地走向了故事的结局。

的，浓艳的，每一面都是丽江的，也是小亚的。

人生其实就是一场旅行，我们无非上车下车，邂逅不同的人，际遇不同的事。如果有缘遇到一个人，能够在你落魄时递上一句问候，能够在清晨陪你看一场雨，能够在深夜陪你喝酒听歌，已足够幸运。而那些遗失的美好，我们总能记得。

很难想象，如果在丽江没有遇到小亚，那将是一番怎样的情景，所幸世上没有“如果”二字。那晚，窗外飞驰而过的风景都幻化成了小亚的一张张笑脸，让我分不清楚这是否真实地存在过。

回到北京后，小亚偶尔还是会给我发微信，发来她在西藏生活的照片，照片里的她穿着藏袍，挂着各种珠子，笑容灿烂得像是那里炽热的阳光，她会发很长很长的语音跟我说那里遇到的人和事，会哈哈大笑，会咯咯地笑，笑声一如既往爽朗动听。

后来我知道，我并非想要和小亚做些什么，也不期待有任何的发展和结局，只是我们同是这条路上独行的旅人，彼此遇到，彼此安慰罢了。

我几乎很少回复小亚的微信，偶尔也是只言片语的保重之类的话，后来她就渐渐不再发微信给我了，大多数时候我都是看着她的朋友圈，默默点上一个赞，告诉她，我其实一直都在关注着你。

我不愿意因为自己的某些想法破坏了这些美好，我宁愿自己的回忆永远停留在丽江的那些日日夜夜。

故事开始时我们脚步轻盈，后来，却步履蹒跚地走向了故事的结局。狂欢之后依然是散场，那就让这散场，停留在这一刻，停留在她看我时的盈盈目光里。

远在远方的远，其实比远方更加遥远。

只是，这撩人的情愫，像极了丽江那一夜暗涌的灯光，恍恍惚惚，却没有熄灭。

远在远方的远，
其实比远方更加遥远。

纪念

文/枕玉

什么橙子，那是柠檬……

“你希望我带给你什么？”你笑着问。

我仅仅希望能留有一样纪念，记住你，记住我走过的路和时光。

过去的岁月点滴，覆水难收，偶尔回头的时候，只看见模糊的影像隔着茫茫时间长河伫立在对岸，我却没能将其看得真切。逝去的这些岁月，变得无法触及，我发现我迫切地需要一样纪念，来记住将走过的路和时光。

而你的出现就是从天而降的礼物。那是我第一份纪念。

你发短信说给我买了水果，放在我抽屉里。到了教室，我坐在位置上俯身看抽屉里，一个个金黄的水果裹着薄薄的塑料小袋。我给你回复道：“谢谢你的橙子。”不过几秒你就回复了一句“不用谢”。我正准备放下手机时，又收到一条你的回复——“什么橙子，那是柠檬……”

我愣了愣，然后失声笑了起来。那是我第一次吃掉整个柠檬，酸倒了我所有牙齿，即便现在想起，那酸涩的感觉也还记忆犹新。但也是从那天起，我喜欢上了柠檬，它陪我度过了高中两年的时光，成为我的第一份纪念。每天的柠檬，我都在吃掉之前，幼稚地用记号笔给它画上一个表情。

现在看到柠檬，就会想起你，想起那些表情，那些表情大多代表了当时的感受，或开心，或百无聊赖，或难过，也让我记住了那两年的点点滴滴，让我回忆起来时感觉是真真正正地活了七百多个日子。

而你的离开，带给了我第二份纪念。

进入高三后不久，你告诉我说："我们还是做朋友吧，我们缺少那种经历。"我从不是主动和纠缠的人，所以就算我有再多不舍也没有丝毫挽留。

"好，再见。"我回答道，然后漠然地关上我的世界。你所谓的"经历"曾让我怅然若失了很久，我难以明白你的意思。经过一年多的沉淀，我似乎明白了你的意思。两个人即使再怎么契合投缘，如果没有一起经历过时间的洪涛就决定在一起，根本无法坚持走下去。当然，这是我的理解，而究竟和你的意思是否一致，我也无从考证，毕竟已经太久没有联系过你。

现在我已经不再用"我们"这个词来描述我和你，它太不贴切，并显得太亲密，而我和你早已没有那种亲密的关系了。记得当初问你为什么会选择我，你说我们很相似。两个太相似的人容易互相吸引、欣赏。但我现在明白了，欣赏无法衍生出爱慕，唯有经历才能孕育出爱慕。

我也不得不佩服你。

想起一段话。"无限，就像一条弯曲的路，走到终点时，却看见了起点。这并非徒劳无功，而是能看得更清楚。"你的出现和离开馈赠给我的纪念，让我学会了成长。几年之前的我，说着不着边际的话，想着各种不切实际的事情，将每天都变得极度相似，以至于无法回忆得具体。但是你的出现，让我的世界变得绚烂多彩。

在你离开了这么久之后的现在，我找到了另一份纪念，那就是文字。

其实我想，这份纪念才应该是你给我的第一份。最初，我和你的相识就是因为彼此的文字，风格、措辞和内容都那么相似。在你离开之后的很长时间，我没有再写过任何超过五百字的东西，我变得喜欢将自己的心情和想象融成寥寥数十个字，或者一百多两百个字的小段。即使不能以篇来计量，我也依然乐此不疲，将每一段都悉心记录。

走到终点时，
却看见了起点。

现在，我再一次找到了想要写出一篇文字的热情，一如你当初陪着我熬过几个无眠的夜晚，一起写出交换阅读的文字。

我要将文字作为我的纪念之物。

我曾写过很多关于你的段落——抑或说只有你才能让我写出些什么。而今看来，那些倾诉之话全是为你而写。原来在那个时候我的世界只有你存在，以你为中心，丝毫没有偏离。那些文字无一不在召唤我想你，想起我们一同走过的日子。

这份纪念，我将一直保存下去，为你，也为我。它将记录从此刻起，我将要独自走过的每个时间光点，经历的每个光景。

写了这些之后，我似乎看见了很久以前的某一天，两个还显幼稚的人站在学校的树下，亲密地说着话。

阳光热烈澎湃地穿过树叶间的空隙直射而来，在你脸上画上斑驳的光点和阴影，你笑着问我：“你希望我带给你什么？”眼里只住着我的身影。

“我想想……嗯，把你给我就好了。”我勾起嘴角回答道。你张开双臂，地上的一双影子拥在一起。

如果你能看到，我现在想修改我的答案，可以吗？

我希望，你能带给我一样纪念，让我记住你，记住和你一起走过以及我将独自走过的人生岁月，让我在垂垂老矣时，能清晰地回忆起来。就像春夜的雷雨乍响；泥土之下的幼芽破土而出；就像一坛醇香的老酒，轻酌一口便能品味整个人生。

让我记住你。

阿呆

文/林兴洪

喜欢你，
那双眼动人……

那天阳光很明媚，我从商店出来的时候突然听见了那首歌，商店旁边是一家服装店，服装店门口摆放的劣质音箱正用最大音量放着："喜欢你，那双眼动人……"

一下子，我像是被雷电击中般愣在原地，眼前明晃晃的阳光让我感到一阵晕眩。

我记得阿呆也曾唱过这首歌。那是很早的事情了，她站在高高的台子上，很多人看着她，而她则安静地看着我。

第一次遇见阿呆是在大一时的期末考试上。凭借着平时的积累我混个六十分还是绰绰有余的，于是在离交卷还有三十分钟时就拿着笔在一张白纸上画画，我画的是坐在我前面的女生。我并不是有意要画她的，只是她刚好在我的视线正前方而且画画都需要一个参照物，并且她一头墨黑齐腰的长发也吸引了我一点点注意力，所以我不受控制地画起她来。

说画画其实并不准确，应该是涂鸦，哪怕是抽象派大师来了也认不出我画的是谁。不过监考老师不这么认为，他可能觉得我是一个画画奇才并且很可能创造了一种全新的流派，所以两分钟内从我身边经过了三次，比尿频还要频繁。

好吧，他只是在提防我作弊，作为好学生的我十二年来还从未作过弊。所以他每次从我身边经过的时候我都抬头看着他，我看到书上说与人对视的时候最好尝试分辨一下对方眼球的颜色，这样会给别人留下深刻的印象。

不知道是我的目光太犀利了，还是监考老师觉得我已经没有作弊的嫌疑，他后来再也没有往我这里看过一眼。倒是让我觉得挺无趣，只是随后想到我在跟一个四十多岁秃头的男老师玩“深情”对视胃里就有点作呕。

不过我觉得监考老师挺敬业的，防止考试作弊本来就是他的工作，只是他怀疑错了对象，真正想作弊的不是我而是坐在我前面的那名女生。

在五分钟内她不下十次往右前方的一名脸上长满痘痘的男生那里张望，那名男生也偶尔回过头无奈地看着她。

这些都是我在画画时观察到的，那个时候监考老师的目光始终在我身上，她根本没有机会作弊。

在距离考试结束还有十分钟的时候，监考老师觉得整个教室里都是好孩子不会有人作弊，所以显得轻松了很多，没有了之前的严厉，在讲台上小声交谈着。

在两名监考老师“交头接耳”的瞬间，那名脸上长满痘痘的男生抓住了这个转瞬即逝的时机，一个纸团从他手中飞出在空中划出了一条完美的抛物线，朝女生的桌子飞过去。

我猜那名男生是学校篮球社的，因为我们学校篮球社在高校比赛中总是最后垫底的，那个纸团准确地落在了我的桌子上还俏皮地弹了两下，正中“篮心”。

在监考老师目光转过来之前，我迅速地把纸团握在手里，把那名男生看得一愣一愣的。

“那位同学，考试不要东张西望。”监考老师提醒那名男生说。

男生转过头去，坐在我前面的女生却转过头来看了我一眼，对我眨了眨眼，然后悄悄地朝坐在身后的我伸出了手。

我自然明白她的意思，趁着监考老师不注意，把纸团放在了她手里。

很久之后阿呆问如果监考老师发现了这张纸条怎么办？我说就只有把你供出来了。

阿呆佯装生气打了我一下，说，我就知道，还好没有被发现。

也许阿呆觉得我很够意思，在考试的当天晚上请我吃饭，只是当我看到一盘切成十三块的比萨她一个人就吃了九块的时候有些目瞪口呆。心想一个女生怎么吃得这么多呢。

“我是不是吃得有点多？”阿呆像是看穿了我的心思。

“有点。”我老实说。

“每个和我第一次吃饭的人脸上的表情都和现在的你一样。”

“什么表情？”我摸着脸问，我还真不知道是什么表情。

“像是……见鬼的表情。”

阿呆吃得多，身材却很纤细，盈盈一握楚宫腰，而她又特别喜欢吃辛辣的东西，火锅、串串、烧烤轮番来，脸上不仅没有长痘痘反而更加水灵，仿佛要滴出水来。我说你都可以去拍广告了而且不用加特效。她说我每次吃完都会回去敷面膜擦脸，你以为呢。然后又说最近的皮肤变差了好多，我深为撅倒。

学校南门有一条长长的小吃街，我和阿呆总是会去那里吃饭，只是还没走到吃饭的地方她的手里就会多出两个鸡腿、两串烤翅、四串鱿鱼，她一边吃着，一边像是机警的鼠一样四处扫动寻找新的吃的。

当你遇到狂风想要回家的时候，我就在不远的地方张开怀抱。

她总是会挎着包，为了防止油滴在上面她就把包给我拿着，而她的包又是很红很红的大红色，红得跟一面红旗似的。我说我怎么像是旗手呢。阿呆说得了吧，你顶多是垃圾桶里蹦跶的癞蛤蟆。

我瞬间哑口无言，在斗嘴这件事上，我一向是阿呆的手下败将。

我时常向某个杂志投稿子，多是一些悬疑、恐怖和推理小说。写这样的东西会让我觉得很刺激，因为生活实在是太平淡了，像一杯白开水，所以把寄托全部放在了小说上。

阿呆得知后把我写的全部小说要了去说想看，看完后她又说不喜欢，觉得太黑暗了。阿呆从小学画画，那个时候她在某个网络平台上连载漫画，是一个“小清新治愈”故事，她说以后你来写脚本我来画，美其名曰冲淡我心中的黑暗。

我说我一点也不黑暗，内心充满阳光。

她摇摇头笃定地说：你心里很黑暗。

好吧，她只是想让我帮她写脚本。

每到月末的时候我们两个都忙得鸡飞狗跳，我要一边写小说一边给阿呆写脚本，然后她根据我的脚本来画漫画。没想到反响不错，读者都很喜欢，于是我们两个更有动力了。

日子就这样一天天平淡地过去，我和阿呆从大一升到了大二。

十月，为期半个月的学校艺术节马上要开幕，艺术节不光有本校的学生参加，还有其他高校的同学，甚至一些艺人也会来。辅导员不知道从哪里得知我在杂志上发表过几篇文章，逮到我让我给我们系的活动写文案，威逼说你逃了哪些课我都记着，生死存亡之际，我立马表示为系里争光是义不容辞的事，我不入地狱谁入地狱，这件事就交给我了。在喝了一杯咖啡后，蹲在寝室的椅子上花了两个小时写完了方案，辅导员看完后说不错不错，我果然没看错人。我说那是那是，还是你教导有方，你看那逃课记录……

然后辅导员再也没回过我了。

我把这件事说给阿呆听的时候她哈哈大笑，一点也没有安慰的意思。我心里想，晚上吃火锅时一定不会让阿呆吃到哪怕一块毛肚。因为她最喜欢吃毛肚了，每次都要吃几大盘。

我们学校是在山上，仗着周围荒凉疯狂扩建，把学校修得大得不得了，连占了好几座山头，每天从宿舍出来去教学楼上课就像长征一样。听说有个新生第一天上课在学校里迷路找不到教学楼一时被传为奇谈。我想学校大得举办一个环 L 大学自行车赛都没有问题。

这样想的时候我和阿呆走到了学校最大的操场上，为了迎接艺术节，操场上已经搭好了好几座台子，还有一些台子正在搭建，听说今年会有那个很火的唱什么歌的歌手会来，所以今年艺术节的规模比往年都要大。

阿呆指着其中一个正在搭建的台子说，艺术节时会在上面唱歌。

我虽然没有听过阿呆唱歌，但是她说话的声音很清脆很好听，像是早晨的小鸟的声音。虽然我很久没在早上听过鸟叫，但是并不妨碍我认为她唱歌会很好听的信心。

这时，一个老师模样的男人在不远处向我招手，说："那位男同学，过来搭把手。"

我看过去，原来他们正在搬音箱，我小跑过去，把音箱搬上了台子，刚刚松了一口气，突然一脚踩空，幸好我身手敏捷抓住了旁边的柱子才没有跌下近两米高的台子，只是膝盖狠狠地撞在了台子边缘，疼痛一瞬间蔓延全身，额头冷汗都下来了。

"同学，你怎么样？"那名老师连忙把我扶了起来。

阿呆也跑了过来，搀住我，对老师说："老师你去忙吧，我送他去医务室。"

阿呆把我的手搭在她的肩上，这时我才感到阿呆瘦弱的身躯下隐藏着的力量。她说她母亲是学跳舞的，从小跟着练所以身体会很有力。然后她又说圣诞舞会的时候我们两个跳舞好不好。我说我不会跳。她说没关系很简单，你跟上我的节奏就行了。

到医务室后才发现膝盖上磕了一个大口子，血都流到小腿上了，难怪我觉得小腿凉凉的。医生说幸好没有伤到骨头，不然就麻烦了，给我包扎好又开了些药就让我回去静养。

人生本来就很艰难了，
写悲剧岂不是太悲观了！

于是阿呆又把我送回了宿舍，我说其实我一个人可以蹦回去的。

阿呆只说了一句话就让我打消了这个念头，她说难道你想明天看到“震惊！某高校一男生在校园内独腿蹦跶为哪般”这样的新闻吗？下面就配一幅你在路上蹦跶的照片。

我想了想那样的画面，把头摇得跟拨浪鼓似的，太可怕了，打死也不要那样。

因为下午有课，阿呆送我到寝室就离开了，我给辅导员拍了一张腿受伤的照片请假，打算舒舒服服地在寝室看个电影什么的。

结果我那个贱贱的编辑突然给我发消息说，杂志这期要做特别版，主题是爱情，让我赶快写一篇惊天地泣鬼神的爱情小说给他。

爱你个大头鬼啊，我单身了二十年连爱情的火苗都没看见，还惊天地泣鬼神，我才是那个男人看完沉默女人看完流泪的主角好不好。

不过想归这样想，我还是打开文档准备编造一个惊天地泣鬼神的爱情故事，谁叫我是吃这碗饭的呢！

在文档字数不知不觉接近五千字的时候，敲门声响了起来，把我从小说里拉了出来，我蹦蹦跳跳打开门一看是阿呆。

阿呆手里提着两个饭盒举起来："知道你腿受伤了，专门给你把饭买上来啦！"

她走进寝室，看见我电脑上的文档，问："又在写什么？"

"一个爱情小说。"

"是吗？我看看。"说着，阿呆就坐在了电脑前。

"也没什么好看的。"我有些不好意思，爱情小说一直是我不拿手的。

"没事没事。"她摆摆手，"你先吃吧。"

在我快要吃完的时候，阿呆终于看完了，她问我最后怎么样了。

我嘴里塞着饭，含糊不清地说当然男女主角在一起啦。

阿呆像是一下子放松了下来："那我就放心了，真怕你写成悲剧。"

"我从来不写悲剧，"我说，"人生本来就很艰难了，写悲剧岂不是太悲观了。"

我低头扒了一口饭，抬头发现阿呆一动不动地盯着我，最近阿呆总是这样看着我，眼神深邃，仿佛一口幽深的古井。

我问阿呆，怎么了？

她摇摇头说没什么，然后站起身说："好了，我走了，你安心养伤吧。"

"咦？你不吃饭吗？"我指着她的盒饭。

"当然是回我自己的寝室吃啦，能进男生宿舍已经突破宿管大妈的底线了，要是十分钟不下去，估计她就要拿着扫帚来敲门了。"

阿呆走后，我继续写小说，直到晚上十一点才算全部写完，保存的时候我迟疑了一下，把女主角的名字改了才保存，然后上床睡觉了。

学校艺术节终于开幕了，那位歌手的到来瞬间点燃了全场，虽然我觉得他唱歌的声音像是一头驴在叫。

阿呆上台是在第三天，我一瘸一拐过去的时候发现台子下围了不少人，大部分是男生，我知道阿呆有一大票男生在追，只是没想到有这么多。眉黛春山，秋水翦瞳。这是我看见阿呆时的第一反应，尤其是她那一头齐腰的直发，特别引人注目。

阿呆出来的时候台下的人群欢呼起来，她先是往人群里扫视一眼，看到我后轻轻一笑，然后音乐响了起来，她开始唱歌。

阿呆开口的时候人群瞬间安静了下来，她空灵清澈的声音穿过午后单薄的阳光如泉水叮咚响一般流进每一个人的耳朵里。我知道阿呆唱歌会很好听，但是我没想到会有这么好听。越来越多的人围了过来，安静地听她唱歌。

阿呆唱完后台下响起了热烈的掌声，甚至还有人高喊再来一首。

而阿呆只是安静地站在那里，不为所动，然后她看向我，这个目光和之前一动不动看我时的目光一模一样，不，比以往更加强烈。眼神里隐含着一抹淡淡的哀怨和忧伤。不知道为什么我的心突然缓缓下沉，好像有什么不好的事情要发生。

然后我看到一个长相不错的男生捧着玫瑰花在人群的欢呼声中走上台，跟阿呆说着什么，他说什么已经不重要了，我只知道阿呆看了我一眼后就接过了那个男生的玫瑰花。

我忘记了我是怎么走回去的，回到寝室突然觉得很困很困然后倒头就睡，我不知道睡了过久，醒过来的时候饿得不行。连忙找出很久之前买的泡面，可是泡好后又没有胃口吃下去了。

第二天我接到了阿呆的电话，在电话里阿呆像是在解释什么，她说那个男生从大一就开始追她了，追了这么久她觉得那个男生还不错就答应了。

她一大段一大段不停地说，说到后来语言没有逻辑还在说。

后来她的声音越来越小，直至完全消失。电话那头像是宇宙尽头的一片寂静。

后来，电话突然挂断了。

之后我收到编辑的消息说这期稿子写得真不错，只是为什么女主人公的名字叫阿呆呢？

为什么叫阿呆呢？

因为你是一个呆呆的笨笨的小孩

所以一直把你装在视线里

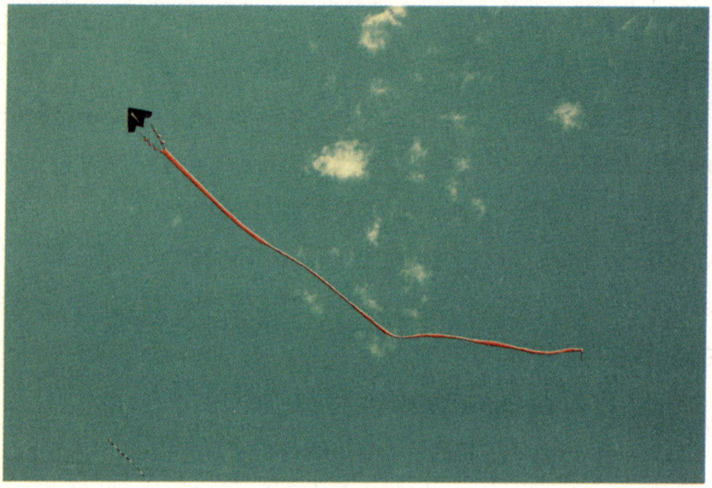

哪怕你飞得再高
也不敢松开手里的线。

当你玩够玩累时

你能回头看见我在这里等你

因为你是一个呆呆的笨笨的小孩

哪怕你飞得再高也不敢松开手里的线

当遇到狂风想要回家的时候

你能知道我就在不远的地方张开怀抱

后来我和阿呆的联系渐渐变少了，在微信和QQ上很少聊天，以前大段大段聊天说话的日子再也找不到了。

有时候在路上看见阿呆我会远远地避开。就像一个做贼心虚的人，我不敢面对她。我觉得自己太矫情了，作为好朋友我应该祝福她，只是后来看到她还是不自觉地回避。原来我还做不到像演员那样情感收放自如。

有时候一个人去北门会莫名其妙地买很多鸡腿、烤翅，但是又不吃，想扔掉又觉得很浪费，于是拿回去给舍友吃，他们挺感动，认为我跑这么远专门给他们买吃的。

她生日聚餐我也没有去，只是给她送了个礼物发了个红包。

我每个月继续写我的恐怖小说，再也没有写过那个“小清新治愈”故事的脚本。有一天我心血来潮上网搜那个漫画的时候，发现早在一个月前就已经断更了，最后一个故事叫《那个人》，画的是女主角考试作弊要被发现时，一个男生出现并巧妙地化解了这场危机。

我盯着屏幕，久久没有说话。

时间过去了很久的某一天，编辑突然对我说你文风变了。

我说哪里变了？

他说，你以前从来不写悲剧的。

一瞬间，我的心脏像是被什么撕裂开，眼泪流了下来。